もののけ

〈怪異〉時代小説傑作選

朝井まかて／小松エメル／三好昌子
森山茂里／加門七海／宮部みゆき
細谷正充 編

PHP
文芸文庫

○本表紙デザイン＋ロゴ＝川上成夫

もののけ〈怪異〉時代小説傑作選　目次

ぞっこん

朝井まかて

いい心持ちだ。昼寝ってのは、何でこうも気持ちがいいのかね。

朝から一心に動いて、その合間にちょいと横になるのが乙《おつ》なんだ。目を閉じても、あすこはもっと濃く、うん、ハネの勢いはあれでちょうどいいなんて頭の中で反芻《はんすう》して、いつのまにやら眠りに落ちる。すとん、とね。

日の影が三尺も移ったら目を覚ますんだが、総身に甘い清水《しみず》が行き渡ったみたいに甦《よみがえ》っているから不思議なもんだ。「さて、もうひと踏ん張りか」なんて気のない口をききながら、その実は頑張るのが楽しみだったりする。

ん。匂いがいつもと違うな。えらく抹香臭《まっこうくさ》いじゃないか。

そう気づいた途端、大きな目玉と目が合った。格天井《ごうてんじょう》の中で龍が八方を睨《にら》んでいる。そのまま視線を下ろすと金色の釈迦如来《しゃかにょらい》が蓮台《れんだい》に坐しているのが見えて、私はようやく現実に戻った。

小坊主らが慌《あわ》ただしく回廊《かいろう》を行き来している。

そうか、いよいよか。

察しをつけても、胸の裡《うち》は静かに凪《な》いでいる。来る日も来る日も精魂込めて働いて、己の仕事に惚《ほ》れ抜いた。だからもう、思い残すことは何もない。

青葉で染まったような風に誘われて、私は外に目を移した。舞良戸《まいらど》は開け放たれており、庭の白砂《はくしゃ》が照り映える。

「御前《ごぜん》。もしや、わら栄《えい》の御前じゃありませんか」

振り向くと、愛想の良い男が小腰を屈《かが》めている。

「もったいない。そんな大層な名で呼んでいただく身分じゃありませんよ」

「ああ、やっぱりさいでしたか。こんなところで名人とご一緒できるとは、あたしも後生《ごしょう》がいい」

男は商家の手代《てだい》上がりというところか、うまい具合に甘味をまぶしてくる。本堂には仲間が大勢集まっていて、私は目を瞬《しばたた》かせた。

「それにしても多いね。ちょっとうたた寝してる間に、また増えた」

「さいですね。三百がとこは集まってるんじゃあないですか。おや、おまけにまた新入りだ」

手代が示す方に私は目をやった。新入りの一人は図体の大きな若者で、己の処遇を観念できないのか大声でわめき散らしている。

「何で俺が寺なんぞに追っ払われなきゃなんねえ。ちくしょう、出しやがれっ」

手代は「往生際《おうじょうぎわ》が悪い」と眉《まゆ》を顰《ひそ》めた。「あちらの娘さんは御殿育ちでしょうか。それにしてもまあ、さめざめと」

綺羅《きら》をまとった娘は泣きじゃくっていて、周囲の女たちが手を焼いている。私は思わず溜息《ためいき》を吐《つ》いた。

「心ない主《あるじ》に、さぞ無茶な扱いを受けてきたんでしょうな。もしくは、ろくろくお呼びがかからぬまま見限られた口だ。私らは主を選べぬうえ働きも主次第、こればかりはいかに抗《あらが》おうともどうにもなりません」

そして私は口の中で言葉を継いだ。

「にしても、若い身空で気の毒なこった。やり残したこともさぞ、多いだろうに」

独り言のつもりだったのに、私の背後で「まことに」「ほんに」と相槌《あいづち》を打つ者がいる。気がつけば周囲に随分《ずいぶん》と集まっていた。すると手代は何を思ったか、「ねえ、皆さん」と周りを見回した。

「ここに居合わせたのも何かのご縁です。せっかくだから御前を囲んで、話をうかがうことにしましょうよ」

「そんな、滅相《めっそう》もない。私は寄席《よせ》にかかわる稼業《かぎょう》だったが、噺家《はなしか》じゃあありませんよ」

「御前の噂《うわさ》は皆、何度も耳にしてるんですよ。そのご本人が目の前にいなさるんだ、こんな結構な機会を逃《のが》すって法はありません」

「いいえ。他人《ひと》様にお話しする事なんぞ、私は何ら成しちゃあいません」

手代は鼻先で手を振って、眉を八の字に下げる。

「ご謙遜《けんそん》を。あたしら、知ってんですから」

「知ってるって、何をですか」

「ああたの字は、物を言う」

皆が一斉に頷《うなず》いて、私は不覚にも胸が熱くなった。

仲間からかほどに評されようとは、たとえ世辞でも冥利《みようり》に尽きる。

と、袈裟《けさ》懸《が》けの僧侶が数珠《じゆず》を手に何人も出てきた。銅鑼《どら》や鉦《かね》も、じゃらんぼんと鳴っている。

「けど、もう時がありません。……そろそろ支度《したく》ができたようです」

すると奥の方の誰かが「いや」と首を伸ばした。

「あれは某《それがし》らの法要ではござらぬよ。今日、前《せん》のお奉行《ぶぎよう》の葬儀がござってな。某らのは日延べされたようだ」

「前のお奉行って。はあ、さようですか。お亡くなりになったんですか」

不思議な巡り合わせを感じながら、私は合掌《がつしよう》した。新入りの若者は暴れ疲れたのか、空《くう》を睨んで貧乏揺すりをしている。娘は泣き腫《は》らした目に線香の煙が痛いとでもいうように、小袖《こそで》の袂《たもと》で顔をおおう。二人を見やるうちに、私の中でふと動くものがあった。

「じゃあ、退屈しのぎに語らせていただきましょうか」

「待ってましたッ」

やんやと声が上がった。誰もが話を欲して目を輝かせる風景を、私は懐《なつ》かしいような思いで見渡した。

「お聞き苦しいことも多いと思いますよ。どうか、そのつもりでおつきあいを願います」

私の初めの持ち主は、「画師御前《えしごぜん》」と綽名《あだな》された名工でした。そう、私は三禮堂《さんれいどう》と号したあの三代目鳥居清忠《とりいきよただ》のところにいたんです。

ご承知のように、三禮堂の旦那は歌舞伎看板の画師でありながら勘亭《かんてい》流の文字を能《よ》くする御仁でね。芝居の場面をそれは華やかに描いて、そこに添える演目の外題《げだい》や役者陣の名がまた、いいんだ。絵の興《きょう》を高めるような文字でね。

しかも自身が常綺羅《じょうきら》で、藤巴《ふじどもえ》の黒紋付に帯は白の博多献上《はかたけんじょう》なんて形《なり》で芝居小屋に出入りするから、役者に間違えられたのも一度や二度じゃない。その頃からじゃないでしょうか、画師御前なんて二つ名を奉《たてまつ》られたのは。

いいえ、私は御前の仕事には役に立っていませんよ。本当です。何しろ御前は極上の筆を何十と揃《そろ》えてましたから、私なんぞその他大勢のごまめでした。肚《はら》の中では今に見てろと思ってましたがね。今に飛び切りの仕事をして、いつか天下を取ってやるって。

ところが、です。御前のもとに妙な男が日参してくるようになって、私の心組みはすっかり狂わされちまった。忘れもしません、あれは天保七年の春でしたな。え、二十年前かって。はあ、そうなりますか。私には何もかも、つい昨日のことのように鮮《あざ》やかですがね。

「使い古した筆があったら譲ってくださいやせんか。お頼み申します」

男は喰い物商《あきな》いの看板字を書く職人だと、名乗りました。年の頃はさしずめ二十四、五で、ということは年季を終えてお礼奉公を済ませ、己の腕で渡世《とせい》を始めて間もないってことです。まあ、駆け出しなのは一目瞭然《いちもくりようぜん》の若造でした。

「お捨てになるようなのを一本、一本だけお願《ねげ》えしやす」

男は呆《あき》れるほど熱心にやってきて、拝まんばかりに頼む。ですが他人《ひと》様に頼みごとをするのに菓子包みを差し出すわけじゃなし、ただ闇雲《やみくも》に頭を下げるだけだから御前はまるで相手にしません。

「帰っておくんな。あたしはね、あたしがもう一人欲しいほど忙しいんだよ」

ところが、その男もしつこいんですよ。御前が居留守を使おうが弟子《でし》らに追い返されようが、足繁く通ってくる。挙句《あげく》は芝居小屋の楽屋から湯屋にまで押しかける。御前は逃げる。そんな騒動をひと月ばかり繰り返しましたかね。

あの日は朝から、花散らしの雨が降っていました。男は庭伝いに仕事場に入り込み、敷居際に諸膝《もろひざ》を揃えて坐り込みました。そしてまた、冷たい土間《どま》に額《ひたい》をくっつけるようにして頭を下げる。

「御前、後生《ごしょう》です」

男は傘も持っていないのか、藍木綿《あいもめん》の着物の肩には濡れた花びらを一杯くっつけていました。弟子らが総出で腕を引っ張ろうが背中を突こうが、頑《がん》として動きません。しかも何とも一本気《いっぽんぎ》な目をして見上げるものだから、御前もさすがに気味《きび》が悪くなったんでしょう。

「しようがないねえ。もう放っておき」

江戸では通人《つうじん》で知られた御仁《ごじん》ですからね、誰かを番屋に走らせたら外聞《がいぶん》が悪いんです。放置された男は、御前が板間《いたま》に屈《かが》んで仕事をするのを喰い入るように見つめていました。

やがて雨が上がり、本石町《ほんごくちょう》の鐘の音が妙に澄んで響きました。

「おや、もう暮《くれ》六ツじゃないか。今夜は七代目と夜桜だ。みんな、後は頼んだよ」

御前が土間に下り立つと、弟子が一斉に立ち上がる。男はまたひしと御前に目を据《す》える。

「呆れた。お前、まだいたのかい」

御前は懐手《ふところで》をして男を見返すと、何を思ったか、下りたばかりの板間にまた上がってきました。

で、筆立ての中から一本をひょいと摘《つま》み上げ、その男に放り投げたんです。

「ほれ、持ってお帰り。これっきりだからね。金輪際《こんりんざい》、来ないでおくれよ、いいね」

塩の代わりに撒《ま》かれたのが、この私でした。

「何の因果《いんが》で、こんな貧乏臭い職人のもとにやられなきゃなんない。放せ、この野郎」

私は我を忘れるほど腹を立て、身をよじってわめきました。今だから口にできることですが、最もこたえたのは主にすげなく捨てられたということでした。

あの時、私はもう終わったと思いました。

その職人は栄次郎《えいじろう》という名で、神田《かんだ》は豊島町《としまちょう》の藁店《わらだな》という土地に住まっていました。

西両国広小路《にしりょうごくひろこうじ》の盛り場は目と鼻の先、芝居小屋や寄席などが犇《ひし》めいて、それは繁華でした。ですが藁店辺りまで来ると神田川沿いの葦原《あしはら》が深くて、じめじめと湿った臭いが鼻をつく。

栄次郎の家は裏長屋で、とっつきの土間と板間が仕事場です。あとは奥に四畳半が一間きり、油障子《あぶらしょうじ》を引いたら中が全部見渡せてしまいます。御前の屋敷は贅《ぜい》を尽くしていたうえ仕事場だけでも長屋の一棟ほどの広さがありましたから、私の身の上はまさに都落ちでした。

栄次郎の仕事場には掛看板や台行燈《だいあんどん》が所狭しと並んで、足の踏み場を見つけるのもひと苦労だ。いえ、看板や行燈そのものは出来上がったのが運ばれてくるんですよ。それに「二八そば　叶屋《かのうや》」「江戸前大蒲焼《かばやき》　いも川」なんて具合に字を入れる、そんな稼業です。

「あ、お帰りぃ」

自分が帰ってきたのに「お帰り」なんて言いながら入ってきたのは、栄次郎の女房のようです。買い物に出てたんでしょう、前垂《まえだ》れで包んだ青菜を台所の桶《おけ》に移している。

「お腹空《なかす》いたでしょ、すぐに用意するからね」

「いや、お前《め》ぇも朝から働き通しじゃねえか、一服しな」

「今日は日暮れまで、やたら忙しくってさ。大福だけで百皿は出たと思うよ」

「そいつぁ繁盛《はんじょう》だな」

「そりゃあ、もう。ほら、噺家の正蔵《しょうぞう》が寄席を持ってるでしょ、林屋《はやしや》っての。あすこが大入りでさあ、そのおかげ」

私はその時、「へえ」と思いました。女房は台所の板間に坐り込んで青菜の根を包丁で落としてるから亭主に尻を向けているし、亭主も仕事場で私をためつすがめつしてるもんだから背を向けたままだ。けど、交わす話の息はぴたりと合っている。私は男ばかりの仕事場しか知りませんでしたから、夫婦というものがちょいと珍しく映ったんです。

「そう言えば、お前さん、今日、あいつを見かけたんだよ」

「あいつって」

「ろくでなしよ。へらへらと愛想振り撒きながら広小路を歩いてんの。ここで会ったが百年目、とっちめてやるって思ったんだけど、なにせこっちはてんてこ舞いの最中でしょ。やれ茶碗が引っ繰り返った、やれ俺っちの傘がないなんて追い回されてる間に見失っちゃった」

「人違いだろう、喜楽《きらく》は上方《かみがた》じゃねぇか」

「お前さんも見込みが甘いわねえ。あいつが上方の師匠んちで務まるわけないじゃない。とっくに尻尾《しっぽ》巻いて江戸に帰ってきてたのよ、あいつ」

「おくみ、手前《てめ》ぇの兄さんをあいつ呼ばわりするのは、いい加減よしにしてやんな」

「何言ってんの。あたしたちが、あのろくでなしにどんだけ迷惑かけられてきたと思ってんの。ふん、どこが噺家の喜楽でござい、だ。子供ん時から舌先三寸で悪さのし放題、そのくせ高座《こうざ》に上がったらしどろもどろなんだから始末に負えない。いつだったか、ほれ、真《ま》っ蒼《さお》んなって、あぁとかうぅとか唸《うな》ってたら、どっか躰《からだ》の具合が悪いんじゃねえかってお客に心配されたって、ほんと笑えない。そうだ、ねえ、どうする。そろそろ蚊帳《かや》を請け出しとかないと、夜、寝らんないよ」

おくみは青菜を鍋に入れ、菜箸《さいばし》を持ったままようやく亭主の方へ顔を向けました。

口は達者《たつしゃ》だが目鼻はこぢんまりとしていて、ま、口許《くちもと》からのぞく八重歯が愛嬌《あいきよう》と言えぬでもない、ってな顔立ちですな。着物ときたら何度も水を潜《くぐ》ったらしき大古着に、前垂れも継《つ》ぎ接《は》ぎだらけで地の布が見えないような案配で。御前の屋敷じゃ、小間使《こまづか》いの女中のお仕着せだってもっと小ざっぱりしてましたよ。

「ん、まあ、何とかするさ」

栄次郎の返事は呑気《のんき》なものです。まあ、看板や行燈の文字書きなんぞ、何文字書いても一つの注文で四十文がとこが相場でしたから、蕎麦《そば》が二杯に煙草《タバコ》の刻みを買ったらそれで終《しま》いですな。それで奴《やつこ》さんは紺屋《こうや》の仕事も請け負っていました。ええ、法被《はつぴ》に入れる屋号なんぞの下絵書きです。

ただ、夫婦が貧乏な理由は、栄次郎の稼ぎが足りないからだけじゃないようでした。

おくみの言うことから知れたんですが、兄に拝まれて銭を工面《くめん》してやったのが尾を引いていた。三人は同じ長屋で育った幼馴染《おさななじ》みらしいんですが、人助けも身の程ってものを弁《わきま》えてしなくっちゃ。そんなことだから筆の新品も誂《あつら》えられないんだよ、こっちはいい迷惑だって、私はますます栄次郎を見下げましたね。

青菜の煮びたしを拵《こしら》えたおくみは家の前の路地に七輪《しちりん》を出すと、団扇《うちわ》を持って屈み込みました。仕事から帰ってきたらしい男が道具箱を担《かつ》いだまま、ひょいと声をかける。

「よお、今夜は鰯《いわし》の生干《なまぼ》しかい」

「うん、明日も明後日《あさって》もだよ」

「たまには鰹《かつお》の端《はし》切《き》れでも口にしてぇよなあ。そうだ、栄ちゃん、いるかい」

男は開け放した入口に頭だけを突っ込むと、

「なあ、伊豆家《いずや》さんがやっぱ、どうでもお前《め》ぇに頼みてぇんだとよ」

「じゃあ、ちと待ってもらうことになるが」

おいおい、下《した》っ端《ぱ》の職人が一人前に客を待たせるだと。蚊帳を請け出す銭はどうする。

「待つってよ。行燈は栄次郎の字でなくっちゃあ、明るくねえってさ」

栄次郎は黙って笑《え》みながら、「ん」と頷《うなず》きました。

それを見ていた私は、また鼻を鳴らしたもんです。

やけに自信ありげだが、俺を簡単に遣《つか》いこなせると思ってたら大間違いだぜ。

ところが、私の出番はひと月過ぎてもこなかった。

安い賃仕事に使われるのは真《ま》っ平《ぴら》御免《ごめん》だと思ってましたがね、栄次郎はじいと腕組みをして私を眺めてばかりいるんだ。いわば三顧《さんこ》の礼ってやつで迎えた私に触れもしないなんて料簡《りようけん》が知れない、こいつは腰抜けかと呆れ返りました。

栄次郎がようやく私を手にしたのは、梅雨《つゆ》が明けた時分でしたか。日暮れ前から花火の轟音《ごうおん》が響いていましたから、ちょうど両国の川開きの日でしたよ。仕事場には細長い格子《こうし》窓が穿《うが》ってあるんですが、空の向こうに赤や黄色の火の粉が舞い降りるのが遠目にもよく見えたものです。

「ねえ、お前さん、今年も行かないの、川開き」

「まだやりてえことが残ってるから、お前《め》え、行ってきな。ゆっくりしてこい」

「そう。悪いね。じゃあ」

おくみは団扇片手にいそいそと、近所の女らと連れ立って出掛けました。

私は小さな文机《ふづくえ》の上の竹筒に入れられていましたから、栄次郎の仕事ぶりをとっくりと見物することにしました。箱行燈に張られた紙に「御茶漬　山や」なんてのをいくつも書き上げては、それを土間に下ろして乾かしていきます。

花火の音と人声で外はやけに賑《にぎ》やかで、でもそんな夜の家の中はかえって静かで。栄次郎が黙々と手を動かす、その息遣いまでが耳朶《じだ》に触れるような気がしました。

やがてそれらを仕上げ切ると、栄次郎は板間の上に硯《すずり》を移し、反故《ほご》紙を広げました。そして竹筒ごと両手で持ち上げると、己の膝のわきに置いたんです。栄次郎は一瞬、私を見つめると、すっと軸を持ちました。

気がつけば私は硯の海に浸《ひた》っていて、たっぷりと墨を含んでいました。なかなかいい墨で、何とも言えない香気《こうき》です。「極楽、極楽」なんて呟《つぶや》きながら肩まで浸《つ》かり、その後、引き揚げられて陸《おか》で穂先《ほさき》を整えられる。余分な墨を抜いてから降り立った紙の面《おもて》は微《かす》かに毛羽《けば》が立っていて、それがまた何とも言えぬ心地《ここち》よさだ。私は思わず、笑い出しそうになりました。

起筆《きひつ》は丸く、私はゆっくりと右へ滑らされました。で、次はどこへ動くかと張り切れば、栄次郎は横棒一本を書いたきりで私を置いた。拍子《ひょうし》抜《ぬ》けもいいところです。しかも紙の上を見るなり眉を寄せました。

「こんなんじゃねえ」

栄次郎はそれから「一」の字だけに取り組みましたが、どうもうまくいかない。ははんと、私は察しをつけました。御前の勘亭流を真似《まね》ようってぇ肚だな、って。

ですがいかほど目に焼きつけた形といえども、いや、たとえ手本を目の前に置いたとしても、名手《めいしゅ》の文字はちょっとやそっとで会得《えとく》できるものじゃありません。久しぶりに身を動かした歓びなんぞ消し飛んじまって、私は癇癪《かんしゃく》を起こしました。

何だ何だ、その遣いようは。手首から先だけでやっちゃあ駄目なんだよ。お前《め》え、御前の仕事場に坐り込みながら、いってえ何を見てた。

私の怒声《どせい》が届くはずもなく、しかも驚くことに、栄次郎はその日から毎晩毎晩、一の字だけを書き続けたんです。たまったものじゃありませんよ。皆さんも覚えがおありでしょうが、手首に力を入れて動かされると、こっちは紙に身を押しつけられちまって方々の毛が従《つ》いてこない。だから文字の端々《はしばし》が厭《いや》な割れ方をします。これは草臥《くたび》れますよ。そのうえ出来が拙《まず》いんだから、骨折り損じゃありませんか。けれど栄次郎はしぶとくてね。蒸し暑さが募る夜など、下帯《したおび》一つになってやってました。そんな夜をいくつも過ごして、私はふと己の身のしなりが強くなったことに気がついた。

栄次郎はしっかと腰を据え、肩も背も使って書くようになっていたんです。

それでも奴さんはまだ満足しない。御前の勘亭流をただ真似ようという料簡じゃない、己なりの何かを探しているようでした。

「ここだ、ここで気を緩めちゃなんねえ」

栄次郎は口の中で呟きながら、躰全部を使って私を揮《ふる》います。そう、初めから最後まで同じ力加減で動かさないと、妙な所で痩《や》せたり太ったりした、よろけた一になってしまいますからね。そのうち、終筆《しゅうひつ》に工夫が加わるようになった。いったん私を紙から離し、くいと穂先を上に動かして雫《しずく》の形を作ったんです。すると、一の左端と右端が同じ角度の斜めになった。

これには私も唸りましたよ。輪郭《りんかく》がいかにも江戸前の、しゃっきりと鯔背《いなせ》な一なんです。

栄次郎も目を見開いて、女房を呼びました。

「とんでもねえ物を手に入れちまった」

仕立物《したてもの》の内職をしながら夜なべにつきあっていたおくみは針を仕舞《しま》ってから立ち上がり、顔を覗《のぞ》かせました。

「何よ、とんでもない物って。ああ、それ。そういえばいつだったっけ、やっと何かを譲ってもらえたとか何とか言ってたね。ほんとにいいの、それ」

実の兄貴を「あいつ」、亭主の生業《なりわい》に欠かせぬ筆を「それ」呼ばわりとは、まったく口の悪い女房です。けれど栄次郎は目を輝かせて、声も少しばかり上ずらせていましたな。

「こんなに運びも留めもしやすいのは初めてだ。いい具合に脂っけが抜けてるから腰が強《つえ》えし、弾《はず》む力も半端じゃない。……こいつぁ、とんでもねえ」

私はちと面映《おもは》ゆくて、また「へん」と鼻を鳴らしました。

今頃、気づきやがったか。

「さすが、御前が下ろしなすったただけのことはある」

「って、どういうこと」

「最初の遣い手が肝心《かんじん》ってことだ」

「よくわかんないけど、お前さん、それで御前とかいう人んとこに通ってたの」

私はおくみよりもはっきりと、腑《ふ》に落ちました。おや、皆さんも思い当たる節《ふし》がおありのようだ。そう、我々の筋目《すじめ》の良し悪《あ》しは、初めの下ろし方で決まる。

栄次郎もそのことに気づいていて、三禮堂の旦那のお下がりを分けてもらえまいかと通ったようでした。それからですよ。おくみが私のことを「御前」と呼ぶようになったのは。

筆洗いも自ら買ってでましてね、なかなか丁寧《ていねい》に洗ってくれるんです。腰から肩、咽喉《のど》、穂先まで揉《も》んで墨を洗い落としたら、手拭《てぬぐ》いで手早く水気を拭《ふ》いてくれて。綺麗《きれい》さっぱり乾いた後は、命毛《いのちげ》がぴくりと甦《よみがえ》りましたね。

栄次郎は己の「一」を見つけた後、順に「十」「百」「千」と修練し、また元に戻って「二」「三」をものにしました。そして「四」に行き着いたのは忘れもしない、十五夜でした。

ご承知の通り、四という字は口の中で髭《ひげ》がハネています。栄次郎はこのハネを書かず、縦棒と横棒だけで形作りました。ちょうど口の中に円という字を重ねた格好《かっこう》です。すると、何が生まれたと思います。

白ですよ。墨色の縦棒、横棒の中に細長い四角が縦に三つ、さらに横長のが一つ。これらが綺麗に並んでいましてね。

私は栄次郎の手の中で、声を張り上げました。

墨色の文字ってのは、己だけじゃない。白も一緒につれて生まれてくるんだな。

栄次郎も反故紙を両手で持ち上げて、こう、目の前にかざしましてね、穴の空くほど見つめていましたっけ。

ちょうど行燈の灯《ひ》が切れて、窓から差し込む月の光だけがくっきりと丸かった。

私はそうして、新しい主にぞっこんになったんです。

三笑亭《さんしょうてい》喜楽がひょっくり訪ねてきたのは彼岸《ひがん》が過ぎ、朝は白露《しらつゆ》を結ぶようになった頃でした。羽織《はおり》をつけた洒落《しゃら》臭い男が、雪駄《せった》をちゃらちゃらと鳴らしながら入ってくる。

「よう、相変わらず精が出るねえ。おくみは……って留守だよね。ふふん、それは百も承知之助だ。あんなのがいたんじゃあ危なっかしくて、おいそれと近寄れねえや」

と言いつつ背後を振り返り、路地や井戸端をもう一度確かめてから、仕事場の上がり框《かまち》にばさりと腰を下ろしました。

「喜楽、やっぱ帰ってたのか。上方の師匠は」

「駄目駄目、あっちは水が悪くって腹を下しちゃった。上方なんぞもう、無しの与一《よいち》」

「帰ってたんなら、顔見せろよ。おくみも心配してたんだぜ」

「あいつが心配するわきゃないよ。こうだったたろ」

喜楽は頭の左右に人差し指を立てて角《つの》を作ります。栄次郎はついと目の端を緩めましたが、すぐに顔を紙の上に戻しました。

「で、そこの、西両国に住まってんのか」

手を動かしながら訊《き》いた。

「こりゃ驚いた。早耳だねえ」

「いや、おくみが広小路でお前ぇ《め》を見かけたって」

「あんな人出ん中でよくも。あいつ、昔っから目敏《めざと》かったからなあ。いやね、今、散々亭《さんざんてい》で厄介《やっかい》になってんだよ」

「散々亭」

「え、知らないの。西両国じゃあ新参だけどね。ほら、売り出し中の桃弥《ももや》ちゃんが出てる。え、それも知らないの。相変わらず野暮《やぼ》だねえ。あのさ、娘浄瑠璃《むすめじようるり》の竹本《たけもと》桃弥って、今、鰻上《うなぎのぼ》りの人気なの。白ずくめの着物に肩衣《かたぎぬ》と袴《はかま》をつけて、可愛いの何の。でもって、芸にかけては正真《しようしん》よ。語りが佳境《かきよう》に入るってぇと髷《まげ》を振り乱して、太棹《ふとざお》の音が入った途端、簪《かんざし》があちこちに吹っ飛ぶ。それを贔屓《ひいき》の男らがさ、我先に拾い回るんだよね」

「節分《せつぶん》みたいだな」

「何を言ってくれてんだろうねえ、この人は。あのさあ、桃弥ちゃんの簪は、今、すんごい値がついてんだよ。でね、その桃弥ちゃんがあたしにさ、ちょくちょく流し目をくれるわけよ。楽屋で一緒になるうち、えらく頼られるようになっちまって。喜楽師匠ぅって」

鼻の下を伸ばしていた喜楽が、いきなり「あいた」と素《す》っ頓狂《とんきょう》な声を上げました。

「ちょいと、どの面《つら》下げてこの家の敷居またいでんの」

帰ってきたおくみに、水柄杓《みずびしゃく》でぽかりと頭をやられたようです。

「痛いっ、よしなよ、痛いったら」

「へん、どうだ、これでもか、これでもか」

「顔はやめろってての、あたしゃ芸人だよ、ひゃっ」

喜楽は情けないことにやられっ放しで、顔を脇に埋めたまま横ざまに倒れ込みました。

「兄さんのおかげで、あたしがどんだけ蚊に喰われたと思ってんの。痒《かゆ》くて痒くて、ほんと往生《おうじょう》したんだから。何さ」

「夏に蚊を出してんのはあたしじゃないや、痛いっ」

「もう堪忍《かんにん》してやんな、おくみ」

「駄目駄目、甘い顔したらすぐつけ上がんだから。さ、出てって。銭はもう返してくれなくていいから。返すつもりなんて端《はな》っからないんだろうけど、くれてやるわよ。だからお願い、二度と来るなっ」

おくみは戸口に仁王立《におうだ》ちしています。

「あたしだって、あれは悪かったって思ってるよ。だからお詫《わ》びにいい話を持ってきてやったのに、何てことすんの」

額に赤いたんこぶを拵えた喜楽は泣き声を上げながら、するりと両の足を持ち上げ、そのまま四つん這《ば》いで奥の四畳半に上がり込みました。その素早さときたら、虫並みでしたな。長火鉢の前に辿《たど》り着いたらば何喰わぬ顔で腰を据え、勝手に抽斗《ひきだし》の中を掻《か》き回しています。煙管《キセル》を取り出して火をつけると、「栄ちゃん、遠慮しないで上がってきなよ」なんて図々しい口をきく。

栄次郎は「じゃあ、一服つけるか」と苦笑いを零《こぼ》しながら膝を立てましたが、おくみは亭主の筒袖《つつそで》をぐいと引っ張ります。

「駄目。兄さんのいい話って、兄さんにだけ都合がいい話なんだから」

「うん、まあ、いいさ」

栄次郎は尻端折《しりはしょ》りにしていた着物を下ろし、手ではたいてから奥に入りました。

「さすが、栄ちゃんは物わかりが早いや。おくみ、いいかい、こちとら散々亭に出てる三笑亭喜楽さんだよ。真打《しんうち》になるのもそのうちだって、席亭《せきてい》さんからも見込まれてんだ。その席亭さんがね、あろうことか栄ちゃんを名指しのご注文だ。どうだい、恐れ煎豆《いりまめ》だろう」

「散々亭から注文って何さ、法被《はっぴ》でも作ってくれんの」

「やだねえ、女ってのは目先のことしか見ちゃいないんだから。あのね、こいつあ、栄ちゃんにとっては大一番の仕事だよ。よく聴きな、散々亭は今、娘浄瑠璃で大当たりを取ってるからさ、客の流れができてるうちに落とし噺にも力を入れようってぇ思案が持ち上がったわけ。で、席亭さんは番頭《ばんとう》にこう命じなすった」

喜楽はひょいと横顔を見せて、煙管の吸口をくわえた。

「看板と辻ビラが要るね。江戸の寄席ん中でも一番の、かあっと粋《いき》に目立つのを仕立てとくれ」

今度は顔を逆に向けて、蠅《はえ》みたいに手を揉む。

「かしこまりました。して、かあっと粋ってのは、どういう。……馬鹿、それを考えて職人に仕事させるのが番頭の腕だろ。ことにあの林屋には引けを取るんじゃない、きっかり向こうを張っとくれ。……っとまあ、負けず嫌いの席亭さんは気の入れようが半端《はんぱ》じゃない。ところが番頭ってのは手妻《てづま》遣いの成れの果て、看板や辻ビラには頓珍漢《とんちんかん》のぽんぽこりんだ。で、見かねたあたしが助け舟を出してやったのさ。身内がちょいといい字を書くんですよ、って」

早口に一席ぶった喜楽は、「どうだい」と胸を張る。ですが、おくみは両の眉を逆立てたままです。

「よくもまあ勝手に。寄席の看板文字なんて、この人は請《う》け負ってないよ」

「でも掛看板やらの字は書いてるじゃないか。字なんて何でも一緒だろ。だいいち看板っつっても演者演目が変わったら面を削って書き替えるしさ、ビラもほんのいっとき湯屋や蕎麦屋の壁に張り出して、興行《こうぎよう》が終わったら捨てちまう消え物だ。栄ちゃんならそんなの、お茶の子ささ、気軽にやりゃあいいんだよ」

初めに「大一番の仕事だ」とぶった、その同じ口とは思えない言いようです。けれど栄次郎は腕組みをして、何やら考え込んでしまいました。

「駄目だよ、お前さん、こんなちゃらぽこに乗っちゃあ」

おくみはもう必死な形相《ぎようそう》で、栄次郎の袖に齧《かじ》りついていました。

「ああ、あった、あった。ここよ、散々亭。随分と端っこじゃないの。兄さんったらまた、話盛ったんだ」

口ぶりとは裏腹におくみの頰《ほお》は上気して、ちびた下駄《げた》の音も何だか明るい。

栄次郎夫婦は散々亭に掲《かか》げてある看板を己の目で見てみたいと、仕事の合い間を縫って西両国で待ち合わせをしました。おくみはちょうど私を洗ったばかりで、そのままお伴をさせてもらいましてね。「御前も自分の仕事、見てみたいでしょう」って、栄次郎の懐に私を突っ込んだんですよ。

広小路は大変な人出《ひとで》で、小屋から洩《も》れる笑い声や鳴物《なりもの》が入り混じり、辺り一帯が熱気でうねるようでした。

あの晩、喜楽に夕飯まで馳走《ちそう》させられて、雑魚寝《ざこね》して起きたら奴さんは姿を消していました。おくみは兄が持ち込んだ仕事が亭主にまた迷惑をかけるんじゃないかと、随分と引き留めましたよ。けれど栄次郎は聞きいれませんでした。

いくら消え物といえど、寄席の看板といえば人目のつき方が違います。己の腕を試してみたい、もともと持っていた気持ちに喜楽が火をつけた格好でしょう。

新装成った散々亭は想像以上の立派な構えで、人の背丈ほどもある仕立物《したてもの》の菊鉢が並んで大層、風流です。見上げれば二階建の建物には入母屋《いりもや》の屋根が秋空に映え、正面の軒庇《のきびさし》には提灯《ちょうちん》がずらり、その下の招木《まねき》は檜《ひのき》の一枚板で作られた庵《いおり》看板で、有名どころや人気者の顔ぶれが並んでいます。三遊亭円生《えんしょう》を始め音曲噺《おんぎょくばなし》の船《せん》遊亭扇橋《ゆうていせんきょう》、写し絵の都楽《とらく》や都々逸坊扇歌《どどいつぼうせんか》、むろん娘浄瑠璃、竹本桃弥の名もありました。

それらを記した文字のことごとくを、栄次郎ひとりが書き上げました。納品には日が限られていましたが、焦って手をつけるという真似はしませんでしたね。毎晩、ろくろく横にもならずに文字を練《ね》ったものです。

「寄席看板はまず遠目で目立たなくちゃなんねえ。ということは……」

栄次郎がまず創意を凝《こ》らしたのは文字の太さです。それは、これまで修練してきた栄次郎自身の字が元になりました。線の太さに揺るぎがなく、左端と右端がきっかり同じ角度の斜めになっている、あの字です。そして白場《しろば》の残し方にもさらに工夫を加えました。大入り繁盛を願って文字の間隔を空けず、地色の白を埋めるように、さらに客入りが尻上がりになるようにと、文字を右上がりに揃えて書いたんです。

通りがかりの客はまず看板を見上げましてね、演者と演題を確かめる。

「散々亭てな娘浄瑠璃だけかと思ったら、なかなか、いい番組《ばんぐみ》じゃねえか」

「芝居噺の円生か。近頃は歌舞伎も木戸銭が高くなって迂闊《うかつ》に入れやしねえから、一つ、寄っていくか」

「なあ、それにしてもこの字を見てみな。隙間の埋め方が、何とも乙粋《おついき》だ」

「うん、勢いがある。都々逸坊なんぞ、今にも口を開きそうだ」

「そういや、この字、湯屋で見たビラと同じ体《てい》だ。書き手は同じ奴だぜ、きっと」

おくみは栄次郎に寄り添うようにして、くすくすと小声ではしゃぎました。

「みんな、目に留めてくれてる。嬉しいねえ、ビラも大層な評判を取れたし」

栄次郎が看板と共に注文を受けた辻ビラは二束《そく》の二百枚、それを一枚一枚、精魂込めて三日で仕上げたものです。最後の二十枚あたりでは腕が上がらなくなっていましたが、そこは私の踏ん張りどころ、書き始めは墨を含んだまま腰をため、留める時は最後の一滴までを出し尽くしました。

いいえ、流派のある書の道ではかすれや滲《にじ》みも妙味《みようみ》になりましょうが、看板やビラではほんの少しのかすれも汚く見えるんですよ。己の腕をしごくうちに栄次郎がそんな考えを抱いたことは私にもわかっていましたから、文字のハライやハネまで計算し尽くして動きました。

じつは、ビラ文字の当初の評判はぱっとしませんでね。「隙間が詰まり過ぎて読みにくい」なんてケチをつけられましたし、頭の固い連中からは「ありゃあ、文字か絵か」なんてキワモノのような扱いも受けました。けれど日を追うごとに「いや、こいつはいいよ」という声がちらほらと届くようになって、気がついたら神田じゅうのビラが綺麗さっぱり消えていました。

そう、文字に惚れた連中が剝《は》がして、持って帰ってしまったんですよ。

よくよく考えたら、当時の公方《くぼう》様といえば何かにつけて華美なことのお好きな家《いえ》斉《なり》公でした。だから下々《しもじも》にも風流を解する気風が行き渡って、文字に対する目も肥《こ》えていたんですな。

おくみは散々亭の看板を、しみじみと見上げました。

「長屋の誰かも言ってたけどさ、お前さんの書く字って不思議と形が胸に残る。何かこう、気を惹《ひ》かれて仕方がなくなる」

「いや、それは御前のおかげだ」

栄次郎の息が懐にかかって、「なあ、相方《あいかた》」と呟いたのが聞こえました。

私は思いも寄らぬ分け前をもらったような気がしました。私らがいかほど懸命に仕事をしたって、その手柄は全部、主の掌中《しょうちゅう》にある。それは至極当前のこと、何の不服もありはしません。でも栄次郎は私を、苦楽を共にする相方だと言ってくれたんです。

ところが辺りは押すな押すなという混雑になっていて、おくみは何を聞き違えたのか、ぷんと口を尖《とが》らせました。

「兄さんのおかげなんかじゃあるもんですか。お代を持ったまんま、どろんって、あんまり情けなくって涙も出やしない」

ったんです。

喜楽は己が斡旋《あっせん》した寄席看板と辻ビラの文字代金を猫糞《ねこばば》して、またぞろ消えちま

そういえば栄次郎が品物を納めに散々亭を訪れた日も、何か修正があったらいけないってんで、私はお伴をしていましてね。喜楽とはちょうど入れ違いで、代わりに番頭さんが応対してくれました。

その時、喜楽は寄席の使い走りに過ぎないことが知れたんです。栄次郎はおくみに黙っていますが、まあ、そのうち露見《ろけん》するでしょう。

「ごめんね、いつも迷惑ばかり」

「いや。誰のためでもねえや。全部、手前《てめ》ぇのためにやった仕事だ」

散々亭の番頭さんは風采《ふうさい》の上がらない小男で、ですが苦労人なのか物腰のこなれた人でした。喜楽はどうやら、席亭にいい顔ができたら娘浄瑠璃の桃弥も靡《なび》いてくれるはずだという浅墓《あさはか》な胸算用《むなざんよう》で、無理に仕事を引っ張ったようでした。番頭さんはそれも、他愛のない笑い話にしてくれていましたが。

「ねえ、どうしてお前さんはいつも兄さんに怒んないの。昔っからだよね」

「さあ。何でかな」

栄次郎は散々亭の客の入りを眺めながら、小さく笑っただけでした。

散々亭を飾った文字が大いに目立って大入りを続けてから、五年ほど経った頃だったでしょうか。栄次郎は「藁店に住まってる栄次郎」をつづめて「わら栄」という通り名を持つようになりました。

「お蕎麦できたよぉ。さ、伸びないうちに食べて。え、亀《かめ》ちゃんがまだ。遅いね、どこで道草喰ってんだか」

水茶屋勤めをやめたおくみは、毎日、四人分の飯を用意するのに大わらわです。散々亭の仕事以降、他の寄席からも注文が相次ぐようになって、栄次郎は肚を括《くく》って寄席の文字書き一本になりました。今では弟子も二人抱えている。二人合わせても、まだ半人前にもなりはしませんがね。

東西の両国の寄席や見世物小屋は江戸者だけでなく諸国から見物に訪れたお上りさんでますます賑わっていまして、そこかしこで「わら栄」の文字が目につくもんですから、今や上方の寄席でもあの文字の書き方が真似られているようでした。

そうそう、喜楽が入れあげていた桃弥の人気も飛ぶ鳥を落とす勢いで、揃いの羽織をつけた若い衆らが桃弥の行く先々に従いて追《つ》っかけるほどの熱狂ぶりです。

「ねえ、お前さんが坐らないと、皆、箸《はし》を持てないんだから」

「ああ」と応《こた》えながらも栄次郎は腰を上げません。辻ビラの注文だけでも三束、五束ですから、私だってもう働きづめですよ。黄表紙《きびょうし》などの読み物や錦絵《にしきえ》は版木を彫りさえすれば、あとは要るだけ摺《す》ればいいんですが、寄席ビラは興行の月日から演者演目までそのつど変わりますから、一枚一枚書くしかないんです。ですが三十路《みそじ》前になった栄次郎の腕は充実して、私もまあ仕事が面白くて仕方がない。栄次郎も私も、寝ても覚めても文字の工夫ばかり考えていましたよ。

「あれ、亀ちゃん、いつのまに帰ってたの。黙って戸口に突っ立ってないで、ただいま戻りましたくらいお言いな」

弟子はまだ十二、三の子供です、いきなり泣き出しました。

「何よ、べそ掻くような説教じゃないでしょ。あれ、背中に包みを括りつけたまんまじゃないの。あんた、まさか品物納めずに帰ってきちゃったんじゃないだろうね」

「ビラは、もう要らないって」

おくみが「はあっ」と大きな声を出したものですから、栄次郎も私を置いて戸口を見返りました。

「どしたい、亀。何があった」

「興行が取り止めんなったから、ちょいと立て込んでて、ともかく今日はこのまま帰っておくれって」

おくみは竹笊《たけざる》を手にしたまま、仕事場に飛び込んできました。

「散々亭、何かあったのかしら。あたし、ちょいと走ってくる」

「いや、先方が立て込んでるって言ってなさるんだ。日を改めて俺が訪ねてみる」

そこに何やらわめきながら駆け込んできたのが、おくみの兄の喜楽です。栄次郎の仕事の代金を持ち逃げして吉原《よしわら》に居続けを決め込んでいたらしいんですが、銭が無くなったらまたいけしゃあしゃあとこの家に出入りしています。

「も、桃弥ちゃんがお縄にされちまうよう」

喜楽の顔からは血の気が引いていて、羽織の衣紋《えもん》が抜けたまま戸口の前にへたり込んでしまいました。

娘浄瑠璃の演者ら数十人が「人心《じんしん》を惑わす」という咎《とが》で召し捕られたのは、それからまもなくのことでした。皆さんもご承知のように、かの家斉公は隠居した後も大御所《おおごしょ》として権勢を揮い続けましたが、薨去《こうきょ》した途端、水野《みずの》という老中が「御改革」とやらを始めたでしょう。

華美な大御所時代はもう幕引きだとばかりに「浮ついた風俗は禁止、質素倹約に努めよ」なんてお触れが、江戸じゅうを駆け巡りました。そう、おなごの髪飾りの金銀に始まって、町人の絹物や家の新築、歌舞音曲《かぶおんぎょく》も禁止でしたね。

そして市中《しちゅう》に百三十余軒を数えた寄席は「御取払《おとりはら》い」を命じられたんです。人気の林屋も散々亭もすべてというのですから、三座が浅草《あさくさ》に移転を命じられた歌舞伎とはえらく扱いが違います。まあ、歌舞伎には大奥や大身《たいしん》のお旗本、日本橋《にほんばし》辺りの大店《おおだな》という太い贔屓筋《ひいきすじ》がありましたから、御公儀《おかみ》も少し手心を加えたんでしょう。で、下々に最も身近だった落とし噺や娘浄瑠璃は、何の躊躇《ちゅうちょ》もなく潰しにかかられたわけです。

藁店界隈《かいわい》は西両国に近いもんですから、風向きによっては寄席の笑い声が漣《きざなみ》のように聞こえてきたものですが、一軒、二軒と小屋が取払われていくたび、砂混じりの空《から》っ風が吹き寄せるようになりました。

寄席の文字書きとして「わら栄」が名を馳《は》せたのも数年のこと、当の寄席が無くなってしまうんですから何もかもおじゃんです。でも栄次郎には腐る暇もありませんでした。弟子には奉公替えを勧めましたが、二人ともどうでもやめたくないと言い張ります。おまけに喜楽まで転がり込んでいたんで、一家を養うためにまた紺屋に頭を下げて孫請け仕事をするようになったんです。

栄次郎はどんな注文にも手を抜くということを知りませんから、毎日、黙々と手を動かしていました。ですが、寝食を忘れるほど好きな仕事はもう二度とできないんです。だんだん暗い目をするようになりましてね。肩先や背中からも光が失《う》せていくようだった。そんな姿をただ見ているだけなのが何とも辛《つら》くてね。

そう、栄次郎は寄席文字以外の仕事に私を遣おうとしないんです。

おい、栄さん、こんな時こそ俺を遣ってくれよ。相方じゃねえか。

竹筒の中からいくら叫んでも通じなくて。そんな己が、ほんに不甲斐《ふがい》なかったですよ。

居候の喜楽はといえば何を手伝うわけでなし、日がな、ごろごろと寝ているものですからおくみから剣突《けんつく》を喰う、すると不貞腐《ふてくさ》れて外に出る。で、二、三日したらまたふらりと帰ってくる、そんな益体《やくたい》もない真似を繰り返していました。

蒸し暑い夜、喜楽がまた何日かぶりに帰ってきました。お銭《あし》も持っていないのに誰に奢《おご》らせたものやら酔っていて、おまけに薄い眉の上から血を流している。見境なしに喧嘩《けんか》を吹っかけて、あべこべに痛い目に遭《あ》わされたようです。御改革のおかげで景気も一気に冷え込みましたから、皆、憂《う》さが溜まっているんでしょう、方々で喧嘩沙汰が増えていました。

「どうせやるなら勝ってきなさいよ。勝てない喧嘩なら、とっととお逃げ」

おくみはぷりぷりしながら介抱していましたが、本人は仕事場の栄次郎の足元にどさりと倒れ込み、犬ころみたいに丸まって寝てしまいました。

皆が寝静まって栄次郎はようやく仕事を一段落させると、猪口《ちょこ》に安酒を注ぎ入れました。仕事仕舞いに一杯だけ呑むというのが、その頃の慣《なら》いでね。と、喜楽がきょろりと目を覚まして半身を起こした。栄次郎は膝を動かして喜楽と差し向いになり、黙って猪口を差し出してやる。

おこぼれに与《あずか》った喜楽は一気に酒を呑み干し、顎《あご》の辺りを手の甲で拭きながら大息を吐いた。

「ただ酒ってのは、何でこんなに旨《うま》いのかねえ」

そして、ふいに神妙な顔になりました。

「栄ちゃん、ごめんよ」

こいつ、ひょっとして頭の打ちどころが悪かったんじゃないかって、私は耳を疑いましたね。喜楽が詫びを口にするなんて初めてでしたから。

栄次郎はただ黙って喜楽を見返していましたが、何を思ったか、猪口の中に人さし指を突っ込んだ。で、その指で土間に何かを描き始めたんです。柳の木でした。絵の筋もなかなかよくてね、枝のしだれ具合が今にも揺れそうなんだ。その下に描いたのは女の幽霊です。

すると喜楽が膝を畳み直し、顎をくいと斜めに上げました。

「昼間会っちまった幽霊に、そのわけを訊《たず》ねやした。お前さん、何で真っ昼間に出てきなさる。幽霊といやあ、丑三《うしみ》ツ刻《どき》だろ」

そこで顔の向きを変え、両の手首をだらりと前に垂《た》らす。

「夜出るのは、怖いんです」

栄次郎がぷっと噴き出し、喜楽もつられて肩を揺する。珍しくもない軽口《かるくち》ですが、この二人は可笑《おか》しくてたまらぬように笑うんですよ。まるで子供みたいに。

「懐かしいな」

「うん、懐かしい。あの頃から栄ちゃんはいっつも地面に俯《うつむ》いて、絵だの伊呂波《いろは》だのを書いてたもんな」

「そうだ。お前《め》ぇが喋《しゃべ》る時だけだった、俺が顔を上げる気になったのは」

「そうだったっけか」

「ああ。呑んだくれの糞《くそ》みてぇな親爺《おやじ》に殴られた日も、おっ母《か》ぁが俺を置いて家を出ちまった日も、お前ぇが軽口を叩《たた》いてる時だけは顔を上げていられた」

蚊帳の中で二人の話を聞いていたのか、おくみが寝巻のまま起きてきました。

「あたしも。三人で笑ってる時がいっち楽しかった。日が暮れたって家に帰りたくなくて、いつまでもそうしていたくて」

私の目の前に、三つの小さな影が伸びたような気がしました。裏長屋の路地の暗がりで、西の空だけが赤い。

喜楽は「何でだろうな」と背を丸め、大きな溜息を吐きました。

「栄ちゃんの前だといくらでも喋れるのに、さあ客の前だと思うと身がすくんじまう。……一遍《いっぺん》でいいから、桃弥ちゃんを笑わせてみたかった」

洟《はな》をすすっています。おくみが喜楽の背中をどんと叩きました。

「暇は売るほどあるんだから修業しなさいよ、噺を」

「俺《おら》ぁ、もうすぐ三十だぜ。今さら遅いや」

「何の、遅《おせ》ぇことなんかあるもんか」

栄次郎も大真面目《おおまじめ》に加勢した。

「お前《め》ぇ、一つっきりでいいから、きっちり聴かせる噺を物にしろ。したら、高座に上げてやる」

「また、そんな法螺話《ほら》。あたしに意趣返し《いしゅがえ》してんのかい。やめとくれよ。今夜はきついよ、そんなの」

「法螺なんぞじゃねえさ。寄席を開くんだ、俺たちで」

喜楽は栄次郎の真意を探るように、目を見開きました。

「栄ちゃん、これしきで酔ってんのか。そんなことしたら町方がすっ飛んできて、お縄じゃないか」

おくみも頰を強張《こわば》らせました。御公儀はご禁制破りをそれは厳しく取り締まっていて、市中に密偵まで放っているようだともっぱらの噂だったんです。

しかし栄次郎はひどく真剣な眼差しで、口の片端を上げている。

「なに、近所の、気心の知れた連中に声かけて、ここに集まってもらうだけのことだ。どうだ、おくみ、一晩限りの隠れ寄席ってのは」

おくみはしばらく俯いて、蚊遣《かや》りに杉葉を足したり団扇の柄《え》をくるくる回したりしていましたが、「そうよねえ」と呟きました。

「今は誰も彼もが塩垂《しおた》れちゃってるから、たまには皆で寄り集まって、噺のなりゆきに胸を躍《おど》らせたいよねえ。毒にも薬にもなりゃしないんだけど、でもそんな時間がないと屈託《くったく》が積もるばかりよ。明日がつまんなくなっちまう」

　私もそうだよなあ、と頷きました。人々が一日の終わりに集まって、誰ともなしに始めた話に耳を傾ける、寄席はそんなささやかな楽しみから生まれたんでしょう。肩を寄せ合って、一緒に泣いたり笑ったりするために。

「けど兄さん、ここが正念場《しょうねんば》よ。これで駄目ならそこの神田川にざぶん、その覚悟でやるっきゃないよ」

　喜楽は熱い餅《もち》を口ん中に放り込まれたみたいに、目を白黒させました。

「ええ、とる物もとりあえず、小米《こごめ》の生嚙《なまが》み、ここん小米の生嚙み、親も嘉兵衛子《かへえ》も嘉兵衛……今日規式《きしき》の御料理、何が良かろうと相談最中、ぼん米、ぼん豆、ぼん牛蒡《ごぼう》、……ぼん牛蒡……」

「ぼん牛蒡の次は、摘み蓼《たで》ですよ。もう、喜楽兄さんはいっつもそこでつかえるんだから」

　喜楽は隠れ寄席の演目に、殿様から家来まで登場人物のすべてが早口が得意という『御加増《ごかぞう》』を選びました。ですがすぐに息が上がって舌がもつれる、次を忘れる。とても聴けたものじゃありません。仕事場で練習するんで、弟子の亀ちゃんなどはすっかり門前の小僧になってしまいました。

栄次郎は小さなビラを作り、おくみはそれをこっそり隣近所に配って回っています。そして栄次郎は一枚看板を作ることにしました。

看板といっても縦に長い紙を用意して、『三笑亭喜楽』の名と演目『御加増』を一枚に記すだけです。狭い家の中に高座の壇など設《しつら》えられませんから、喜楽は客と同じ目線で演《や》らねばならない。だからせめて一枚看板で、寄席の雰囲気を助《す》けてやろうと考えたようでした。

紙の前に坐った栄次郎は、諸肌《もろはだ》脱ぎになりました。喜楽とおくみ、弟子らが固唾《かたず》を呑んで背後から見守っています。

すっと息を吸って吐くと、栄次郎は久しぶりに私を手に取り墨を含ませました。

まずは三笑亭の「三」ですが、この字は三本の横棒が二本の白場を抱えています。この白がぴったり同じ分量でなければ、栄次郎は気色が悪い。そう、文字というものは手塩にかけた末に、書き手自身が「うん、これがいい」と得心するしかないんですよ。世間がいかに誉《ほ》めそやしてくれても、自身が納得いかないものは何の値打ちもない。

そうやって、栄次郎はまず喜楽の名を書き上げました。

「へえ、喜楽兄さんの名ぁって、真ん中で折っても左右が同じなんですね」

亀ちゃんが面白いことに気づきました。まあ、栄次郎の書き方だから対称が明瞭になるわけで、金釘《かなくぎ》流だとそうは行きませんな。

次は演題の『御加増』です。私は毛筋の一本一本をまとめながら総身を伸ばし、墨をしっかりと紙に渡していきます。そしてほんの少し頭を動かして文字の角に雫《しずく》の形を作ってから身の向きを変え、右上がりに動く。角を綺麗に作ると今度は下に向かって一直線だ。

時々、身を持ち上げられるので、左へ上へと宙を動くこともある。私が息継ぎをするのはその時ですが、墨を含んだ躰はたしかに夏の夜風を感じている。いえ、ほんの束《つか》の間《ま》ですが、微かに命毛がそよぐんです。

そして次の位置に迷いなく下り、身を横たえ、動く。私は栄次郎の息にぴたりと合わせ、寸分の乱れもなく最後の横棒を引き終えました。するとより高く持ち上げられて、紙の上が見渡せます。画数の多い武張《ぶば》った字は、点々とできた小さな白によって何とも言えぬ可笑《おか》しみを孕《はら》んでいました。

栄次郎は幼馴染みのために、そして楽しみを奪われた者らのために、願いを込めて書きました。笑わせる者と笑う者を結ぶ、あれは極めつきの縁起《えんぎ》文字でした。

小坊主らが庭の隅に石を組み、細い薪《まき》を積み始めた。

葬儀が続いて日延べされていた筆供養《ふでくよう》が今日、執《と》り行なわれるらしい。私はその間の三日を使って、時々、行きつ戻りつしながら皆に話をしたことになる。

「いよいよでござんすね」

皆、本堂の中で囁《ささや》き合っている。だが怖《お》じけづく者はなく、誰もが落ち着いている。己の仕事を全《まっと》うした者だけが持つ、満ち足りた面持《おもも》ちだ。

「御前、そのわら栄で開かれたという隠れ寄席は、いかが相成《あいな》りましたの」

振り向くと、三日前、泣き暮れて周囲を手こずらせた細筆だった。軸には蒔絵《まきえ》がほどこしてあり、お武家らしい紋も見える。娘はもう泣いていなかった。

私に問うた娘の背後には穂先の割れた若者、隈取筆《くまどり》の姿も見える。拗《す》ねた振舞いは相変わらずで、だが貧乏揺すりをしながらも私の話に耳を傾けていたのはわかっていた。

周囲を取り巻く面々も、口々に「御前」とせっついてくる。

「お話ししたいのは山々ですが、もう時が足りぬでしょう」

「供養が始まるまで、まだ四半刻《しはんとき》はあるようです。その娘御《むすめご》のおっしゃる通りだ、顛末《てんまつ》をお聞かせくださいよ」

「客は入ったか」「喜楽はちゃんと演《や》ったか」、そのうち「気になって成仏《じょうぶつ》しきれませんよ」とまで催促されて、私は居ずまいを改めた。

じゃあ、早口で語りますから、お聞き苦しいところはご勘弁を願いますよ。

わら栄はあの日、朝から仕事場の物を端に寄せるだけ寄せて、客が坐れる場を作りました。ですが集まったのは同じ長屋に住まっている連中だけじゃない、近くの大和町《やまとちょう》や橋本町《はしもとちょう》辺りからもわんさと押し寄せて、家鳴《やな》りがするほどの大入りになりました。

職人や棒手振《ぼてふ》りに出前持ち、子供を抱いた夫婦から杖をついたご隠居《いんきょ》までが目を細めて入ってきて、奥と仕事場はむろん台所の板間も一杯で、格子戸の窓の外には目玉がずらり、はては板壁の隙間から覗いている者もいました。

喜楽はそれでまた怖くなったようで、こっそり逃げ出そうとしたんですが栄次郎に襟髪《えりがみ》を摑《つか》まれて、おくみと弟子らに力ずくで家の中に放り込まれました。栄次郎の思案に乗ったことを心底、悔いているような面持ちでしたが、やがて臍《ほぞ》を固めたように客を見回しました。

「……豆右衛門《まめえもん》がこう言上《ごんじょう》いたしますと、殿様は、ほほう、できた、できた。その早口の褒美《ほうび》として、田一反《たん》に茶一斤《きん》、田二反に茶二斤、田三反に茶三斤、田四反に茶四斤、田五反に茶五斤、田六反に茶六斤、田七反に茶七斤、田八反に茶八斤、田九反に茶九斤、田十反に茶十斤を取らするぞ」

皆、息を呑んで聴き惚れて、最後は家の中が弾《はじ》けるみたいに揺れました。

いいえ、奇跡なんぞじゃありませんよ。噺というのも文字書きと似てるんでしょう、いい加減な修練しか積まずに本番でいい目を見ようなんて、そんな甘いことは起きやしません。喜楽は朝から晩まで汗みずくで演《や》っていましたからね、あの夜は舌も咽喉《のど》もこなれていました。

いや、もう、あんなに大勢の笑顔を見たのは久しぶりでした。おくみなんぞもう、ほろほろと泣きながら手を叩いていましたよ。

その後、すべての寄席を取払うというお触れが撤回されて、創業の古い十五席ほどが残されましたから、喜楽はそれからちょくちょく高座に上がるようになりました。まあ、真打にはほど遠いでしょうがね。

散々亭ですか。あそこは新興でしたから、お取潰しは免《まぬか》れませんでした。

そういえばあの日の夕暮れ、珍しいお客が姿を現しました。その散々亭の番頭さんです。「まあ、精々、お気張りよ」と喜楽に祝儀まで出してくれて。いえ、噺は聴かずに帰っちまいました。後でわかったことですが、番頭さんは「召し放ち」になった桃弥と手に手を取って江戸を出奔《しゅっぽん》したんです、その晩に。

「あんな、しもけた親爺《おやじ》がいつのまに桃弥ちゃんと。ほんに手妻遣いだ」

喜楽の悔しがるまいことか。

そういえばもう一人、土地《ところ》では見かけない顔が客の中に交じっていましてね。町人のなりをしてはいるが何となく佇《たたず》まいが違うので、おくみは御公儀の密偵じゃないかって肝を冷やしたようです。そしたら喜楽が「なあに、心配要らねえ」と手を横に振りました。

「そいつならあたしも気がついてたが、ありゃあ堅気《かたぎ》じゃあないよ。袖口からちらりと彫り物が見えてた」

噺家ってのは演ってる最中でも客の一部始終が見えてるものなんだねえって感心しながら、一斉に胸を撫《な》で下ろしましたよ。お開きになった後にそれは立派な角樽《つのだる》が届いたんですが、誰が贈ってくれたのかはわからず仕舞いで、皆で呑んでしまいました。

そうそう、江戸に寄席が残ったのは、先だって、この寺で葬儀があった遠山《とおやま》様、ええ、当時の北町奉行、遠山左衛門尉景元様《さえもんのじょうかげもと》のおかげを蒙《こうむ》っているんです。何でも、ご老中の水野様に直談判《じかだんぱん》してくださったんだとか。

「下々から笑うことを奪っては、生きる心地を奪うも同然。それは、ご政道にもとる仕儀《しぎ》にござりましょう」

まあ、そんなところでしょうか。いずれにしても天保の御改革はあまりに急激な締めつけでしたから、中途で頓挫《とんざ》しちまいましたね。天保十四年に水野様は老中首座を罷免《ひめん》されて、翌年には寄席の制限令も撤廃されました。東西の両国ばかりか、江戸市中に寄席が戻ってきたんです。

ええ、栄次郎は今も筆を揮っているはずですよ。今日も消え物の文字にぞっこん、精魂《せいこん》を籠《こ》めているはずです。

と、背後で荒い足音がして、いきなり軸を摑《つか》まれたかと思うと、ふわりと身が浮いた。

「ああ、間に合った、良かった。これこれ、これが御前だ、違いない」

――ちょいと、何です、いきなり。あれ、お前さん、栄次郎んとこの弟子じゃありませんか。

近いうちに一本立ちするはずの亀ちゃんは、汗だくで息を切らしている。

――え、お前さんが私を遣おうって肚かい。無理だよ、私の躰がもうどうなっちまってるか、知ってるだろう。え、いい職人が見つかった、抜けた毛を束《たば》ね直してくれる。いや、もういいよ。老いて役目を終えた筆をこうして供養に出してくれた、それで充分だ。有難いことだよ。私じゃなくって、そこの若い者らにしておくれでないか。たしかに、最初の主は悪かったかもしれない。けどね、この子たちはまだ誰にも何にも、ぞっこんになったことがないんだ。そいつぁ、あんまりじゃないか。だから仕事をさせてやっておくれよ。ねえ、聞こえるかい、亀ちゃん。

護摩《ごま》を焚《た》く匂いが立ち始めたのに、亀ちゃんはまだ私を戻そうとしない。どうやってわからせたものか、私は途方に暮れた。栄次郎と私のように気を通じ合わせられる仲など、滅多とあることではないのだ。

すると亀ちゃんは左手に私を握ったまま、広蓋《ひろぶた》の中を見渡し始めた。額から鼻の下まで汗の玉を光らせながら、三百はいる筆を指先で順になぞっていく。隈取筆と紋入りの細筆の上を通り過ぎ、と、また戻って二本を取り上げると、私がいる掌《てのひら》の中に納めた。

――でかした、見直したよ。さすが栄さんの弟子だ。じゃあね、あたしはこれでおさらばだ。亀ちゃん、これから精々修業して、親方みたいな文字書きにおなりよ。え、何だって。あたしも一緒って、そんな、今さら若い者の面倒なんてやだよ、勘弁しておくれよ。

けれど亀ちゃんは奮い立つような笑みを満面に浮かべると、小坊主を摑まえて頭を下げ、これこれしかじかと了承まで得ている。

参ったねえ、やれやれ。しつこいとこまで親方譲りか。

――皆さん、そういうわけで、私はもうひと奉公せねばならないようです。

頭を下げると、皆は私を見上げながら「ええ」「ええ」と応えた。

――その二人をよろしくお頼みしますよ。

――なあに、ちっと後《おく》れを取りますがね、私もすぐに参ります。この二人の仕事ぶりをあの世で披露《ひろう》しますからね、お楽しみに。

同じ掌の中の若い二人は仰天《ぎょうてん》して、声も出せないでいる。

「ぼんやりしてないで、しゃっきり覚悟するんだよ。あんたたちは何もかも、これからなんだ」

本堂を出ると、青葉の梢《こずえ》の向こうを夏燕《つばめ》が飛んだ。

風来屋の猫

小松エメル

深川今川町《ふかがわいまがわちょう》の松永橋《まつながばし》近くには、「風来屋《ふうらいや》」という口入屋《くちいれや》がある。

所謂《いわゆる》、職業斡旋所《あっせんじょ》である風来屋には、働き口を求める人々が、日々訪れた。

「いくら太平の世といっても、俺のような無宿者《むしゅくもの》には随分《ずいぶん》と冷たいじゃないか。職に就《つ》くのも一苦労だ。まったくやってられないよ」

「人別帳《にんべつちょう》にも載っていないような奴を、どうやって信用しろっていうんだよ。しようがないだろ。職に就けるだけいいじゃないか」

愚痴《ぐち》る客にそう返すのは、風来屋の主人である磐《いわ》だ。小机に肘を置き、帳面をめくっている。座していても分かる上背《うわぜい》の高さに、怜悧《れいり》な目鼻立ち。浅黒い肌に、程よく筋肉がついた引き締まった身体《からだ》、さっぱりとした仕草《しぐさ》や口調。「その辺の男よりも男らしい」と言われるようになって、早二十年――つまり磐は、十の頃からそんな風だった。だから、ここへ来る客も、口入屋の主人が女でも気にせず、気安い口を利《き》くのだろう。

「よくないさ。まだ職にありつけてないんだから。ところで、いいのはあったかい？」

「そんなものはないよ。それにあんた、どうせいつも長続きしやしないんだ。贅沢《ぜいたく》言うな」

素っ気なく答えながらも、なるべくいい条件の仕事を探すべく帳面をめくっている磐を見て、客の男はくすりと笑った。

「あんたは偉い人だな」

「おべっかを使っても帳面の中身は変わらないよ」

「分かってるよ。まったく、せっかく褒《ほ》めたのにな。久次郎《ひさじろう》さんが死んだ時にはどうなるかと思ったが……あんた、本当によくやってるよ」

笑みを深めて言った男に、磐は「へえ」とやる気のない返事をした。

久次郎とは、半年前に死んだ磐の夫のことだ。小柄で色白の、ひょろりとした優《やさ》男《おとこ》だった。穏《おだ》やかな性質で争いを好まず、どんな客にも優しく接した。

――まあまあ、そんなに怒りなさんな。ここにはあんたの敵はいないよ。

気の抜けた笑みを浮かべながら、そんな台詞《せりふ》を吐くのが常だった。乱暴な振る舞いをする者でも、久次郎の邪気《じゃき》のなさに毒気を抜かれて黙った。時折、怒って殴《なぐ》りかかってくる者もいたが、そういう時には磐が黙っていなかった。

――おい……うちのに手を出したら、二度と働けないようにするよ。

並より腕力があるといっても、磐は女だ。だから、磐はそういう時、懐《ふところ》に隠し持っている小刀を抜いた。隙《すき》がない構えと、尋常《じんじょう》ではない迫力に、大抵の相手は怖気《おじけ》づいて逃げだした。そのまま放っておけばいいのに、久次郎は決まって後を追いかけた。見かけによらず足の速い彼は、客にすぐに追いつき、わざわざ店に連れ帰って、職を斡旋してやった。

――あんたはどうしてそうなんだ。

磐が呆《あき》れ返って言うと、久次郎は「どうしてだろう」と小首を傾《かし》げた。そんな夫婦を見て、客は大いに笑った。そこですっかり気を許した客は、職を失った時、再び風来屋を訪れた。今、店にいる客の男もそうだった。確か、これで四度目の来訪になる。

「何だこの凸凹《でこぼこ》夫婦は……と最初は思ったんだがなあ。いやはや、似合いの夫婦だったよ。あんたも久次郎さんも、互いに足りないものを補い合っていたんだね」

「碌《ろく》に働きもしないくせに、一丁前の口を叩《たた》くね」

「厳しいねえ。ま、それがあんたのいいところだが。久次郎さんもあんたの働きぶりを見て、あの世で安心しているだろうよ」

男は頬を掻《か》きながら、苦笑混じりに言った。

(馬鹿だね。その反対さ)

職を紹介した後も長居しようとする男を店から追い出した磐は、はあと息を吐いた。

半分開いた表戸の向こうに、影が佇《たたず》んでいるのが見えたのだ。

「……また来たのか」

磐が呟《つぶや》いた途端、店の中に入ってきたのは、琥珀《こはく》色の瞳を持つ、真っ白な猫だった。ほっそりとした体軀《たいく》のその猫は、優美な身のこなしで土間《どま》を通り、先ほど男が腰かけていた場所にすっと上った。

白猫は小さな口を開いた。にゃあという鳴き声が聞こえてくるはずだったが――。

「お磐、今日こそ廃業しないか？」

（ああ、今日も嫌な日だ）

額《ひたい》に手を当てた磐は、低い天井《てんじょう》を仰《あお》ぎ、「くそ」と呻《うめ》いた。

＊

「嫌な日」がはじまったのは、暑い夏の頃だった。

盆に入ったばかりであったため、磐は（墓参りに行かなくちゃね）と思った。久次郎とその両親の墓だ。自分の親の墓参りはしない心積もりだった。否――しないのではなく、できなかった。まだ子どもだった頃、磐は実の親に捨てられたのだ。

――お前を捨てた奴なんて、お前の親じゃない。相手が死んだとしても、赦《ゆる》してやる必要はないさ。

そう言ったのは、磐を拾って育ててくれた者たちだった。仲睦《なかむつ》まじい夫婦で、実子が一人いた。それが、久次郎だ。彼らは無宿人を泊め、職を紹介する、口入宿を生業《なりわい》としていた。磐が今営んでいる口入屋の前身だ。十年前に妻が亡くなり、その半年後に夫が後を追うようにこの世を去ったため、口入業を残して、宿は廃業になった。

――どうしてやめるんだよ。宿もやった方が稼《かせ》げるじゃないか。

そう問うた磐に、久次郎は笑うばかりで答えなかった。久次郎が磐の言に従わなかったのは、この時がはじめてだった。夫婦の実子だった久次郎は、養子でもなく、ただ拾われただけの磐にいつも従順だった。

――あんたがあたしの言うことを聞くのは、あたしが捨て子で可哀想《かわいそう》だからかい？

宿を廃業する理由をどうしても言わなかった時、磐は代わりにそう問うた。すると、久次郎は大層驚いた顔をして、「へ」と間の抜けた声を出した。

——お前のことが好きだからだよ。

何を今更、と答えた久次郎に、磐はあんぐりと口を開けた。二人が夫婦になったのは、それから間もなくである。久次郎に好かれていることに、磐は露《つゆ》ほども気づいていなかった。しかし、磐も久次郎が好きだった。彼を見て息切れがしたり、心の臓が速まったりすることはなく、笑いかけられたからといって、頬を染めることもなければ、手を握ったからといって、落ち着かぬ心地《ここち》になることもない。抱き合っても、心は平穏そのものだった。久次郎と共にいると、磐はとても温かな心地になった。

——あんたは犬に似ているね。

磐は久次郎によくそう言った。皆は「お磐さんひどいよ」と苦笑したが、久次郎はにこにこしていた。

——嬉《うれ》しいね。お前は犬が好きだもの。

久次郎の返事に、磐は顔を赤くした。図星だったからだ。

——俺も好きだよ。もし、生まれ変わるようなことがあったら、犬になりたいな。

そう言って笑っていた久次郎は、半年前に死んだ。あれほど穏やかな人柄で、誰にも恨《うら》まれるような性質ではなかったのに、刃傷沙汰《にんじようざた》に巻き込まれてしまったのだ。無宿人たちの小さな諍《いさか》いだったが、片方が脇差《わきざし》を持ち出したために大事になった。知らせを聞いた磐が駆けつけた時には、久次郎はすでに事切れていた。

——……何で笑っているんだよ、馬鹿。

いつものように穏やかに微笑《ほほえ》んでいた久次郎の死に顔を見て、磐はそう呟いた。

久次郎の死はあまりに呆気《あっけ》ないものだった。だから、磐は未だに彼が死んだ実感が湧かずにいる。亡骸《なきがら》は見た。茶毘《だび》に付され、墓に埋められたところも目にした。それにもかかわらず、あの締まりのない笑顔でひょっこりと家に帰ってくるのではないかと思ってしまうのだ。

そんな風に考えていたせいだろうか。

——お磐。久次郎だ。久方ぶりだな。

ある日突然、久次郎が訪ねてきた。四十九日ぶりに会った久次郎は、猫の姿をしていた。あまりのことに、磐はついこんなことを口走った。

——あんた、やはり間が抜けてる。どうせなら、犬に生まれ変わればいいのに。

白猫は「お前がいないとどうも駄目《だめ》だ」と笑って答えたが、すぐに真面目《まじめ》な声を作ってこう言った。

――猫の姿になってまでお前の前に現れたのには、理由《わけ》がある。お磐、口入屋はもう畳《たた》め。危ないことはするもんじゃない。

猫が言葉を発することも、それが夫の生まれ変わりかもしれぬということも整理できぬまま、磐はとっさに「嫌だよ」と答えた。

――どうしてだ？

――嫌なもんは嫌だよ……あたしは、ここでやりたいことがあるんだ。

そう返すと、久次郎と名乗った猫は、ふいと顔を背《そむ》けて土間に下りた。

――……やめると言うまで、毎日来る。

白猫はそう言い捨て、半分開いた戸から出ていった。

（――何だ今のは）

夢か幻だろう。疲れているせいかもしれぬ。そう思った磐だったが、白猫は宣言通り、毎日風来屋を訪れた。決まって口にするのは、「店を畳め」という台詞だった。その言葉を聞くたびに、磐はうんざりした。

――何度来たって無駄だ。猫の言うことなんて聞かないよ。

そう答えても、白猫はまた来た。水を引っかけて追い払おうかとも思ったが、弱い者虐《いじ》めは磐の性《しょう》に合わなかった。相手を痛めつけて脅《おど》すなど、弱い者がすることだ。

――お磐さんは強《つえ》えなあ！

昔からずっとそう言われつづけてきた。相手は呆れを含んでいたのかもしれぬが、磐はそれが誇《ほこ》りだった。

(弱い奴が嫌いなわけじゃないけれどね)

強くなければ弱い者を守れない。そう思っていた。

＊

「お磐、今日こそ廃業しないか？」

お馴染《なじ》みの台詞を述べた白猫に、磐は「しない」とあっさり答えた。

「あんたも今すれ違っただろ？　毎日、客は大勢来ているんだ。あたしがこの店を畳んだら、皆困るんだよ。それに、こっちだっておまんまが食えないじゃないか」

「ここが駄目なら他に行けばいいだけさ。お前は器用だから、他のことだってできる」

「簡単に言うなよ。あたしのように碌でもない出自《しゅつじ》の奴が、何の仕事に就けるんだ？　それがどれだけ大変なことか、あんたはよく知ってるだろうに」

ぎろりと睨《にら》んで凄むと、白猫は丸い目をさらに丸くさせて言った。

「何のかんのと言いつつ、俺が久次郎だと信じてくれているんだなあ」

「……合わせてやっているだけさ。調子に乗るなよ、猫畜生《ちくしょう》が」

「猫畜生か。それははじめて言われたなあ」

のほほんと笑った白猫は、磐の足元で寝そべった。撫《な》でてもいないのに、ごろごろと喉を鳴らし、長い尾を揺らす――その様は、猫というよりも犬だ。

（やはり、生まれ変わる相手を間違えたんじゃないか？　……こいつがあの人だと信じているわけじゃないが）

最初、磐は夢か幻だと思った。しかし、あまりにも毎日通ってくるので、（これは物《もの》の怪《け》の類《たぐい》か）と思い直した。世の中には、化け猫だとか猫股《ねこまた》だとかいう妖怪変化《ようかいへんげ》がいるらしい。磐は信じていなかったが、久次郎はそういうものが好きだった。

――これは秘密だが、表通りの柏屋《かしわや》さんは「猫の家」なんだ。普段は人間の姿だが、ふとした時に猫の姿になってしまうのさ。いいなあ……俺は犬の方が好きだが、一日くらいだったら猫になってみたい。気ままで面白そうだよ。

楽しげに語っていた姿を思いだした磐は、小さく息を吐いた。

「大丈夫かい？　体調が優《すぐ》れぬのなら、少し休んだらどうだ？」

「そのまま店を閉じてしまえと言うんだろう？　その手には乗らないよ」

小机の上にあった煙管《キセル》を咥《くわ》えながら、磐は口を歪《ゆが》めて言った。

「……俺はお前が心配なだけさ」

寂しげな声を出した白猫は、耳を横に倒し、尾をぱたりと地につけた。喉を鳴らす音も止まり、店の中には磐が煙管を吹かす音だけが響いた。

猫になった久次郎は、日に一度は磐の許《もと》を訪れた。多い時で五、六度。長居をする時もあれば、すぐに去る時もあった。決まって口にするのはあの言葉で、磐も毎度同じ答えを返した。はじめて訪ねてきた日以来、久次郎は一日も空けずに通っている。

「あんたさ、本当はあたしに縁もゆかりもない、ただの化け猫なんだろ？　あたしを獲って喰《く》らう気なら、諦《あきら》めな」

「その前に、お前は俺を殺すだろうな。しかし、俺は人間を喰らわないよ。猫が好きなのは魚や鰹節《かつおぶし》さ」

「…ただの猫ならね。餌《えさ》が欲しいなら、よそへ行きな。表通りにある柏屋さんは、猫好きらしいよ。そこで強請《ねだ》ればいいじゃないか」

この日もやって来た白猫に、磐は呆れた目を向けつつ言った。磐は白猫に餌をやったことがない。

「柏屋さんは猫好きなわけじゃない。化けているだけさ。大体、それは俺がお前に教えたんだぞ。それに、餌は間に合ってる」

「……あんた、どっかで飼われてるのかい？」

そういえば、身形《みなり》は綺麗《きれい》だ。すらりとした体軀をしているが、痩《や》せ細ってはおらず、毛並みも艶《つや》やかだった。出会ってから半年以上経って、磐はようやく気づいた。

「飼われてはいないが、世話をしてくれる親切な人はいる。優しくて綺麗な人だよ」

いつものように磐の足元で寝転んでいる白猫は、目をうっとりと細めて答えた。

「ふん……優しくも綺麗でもなくて悪かったね。そんないい女がいるなら、こんなところで油を売っていないでさっさと帰ればいいだろ」

磐の言葉を聞いた途端、白猫は身を丸めて震えはじめた。

「……何がおかしいのさ」

むっと顔を顰《しか》めて低い声を出すと、白猫は笑い混じりに言った。

「俺の世話をしてくれている人は、男だよ」

「男に綺麗とか言うな、紛《まぎ》らわしい」

「男だって綺麗なもんは綺麗だろう……しかし、お前は可愛いねえ。俺が猫になってまで焼きもちを焼いてくれるのかい」

くすくすと笑いつづける白猫から目を逸《そ》らし、磐はちっと舌打ちをした。

「あんたがあの人だと信じているわけじゃないが、ずいぶんと性格がねじ曲がったんじゃないか？　あの人はあんたみたいな性悪《しょうわる》じゃなかったよ」

ぶすりとしてぼやいた磐は、在《あ》りし日のことを思いだした。

――お磐、怒っているのかい？

――怒ってないよ。あんたのお人好しは今にはじまったことじゃないだろ。

――ごめんな、お磐。今度から気をつけるよ。

――気をつけたって何も変わりゃしないんだ。余計なことはしなくていい。

――そうか、分かったよお磐。

――そこは、「今度こそ」と答えなよ。

――ごめんな、お磐……今度こそは、な。

磐と久次郎の会話は、気が強い姉と気弱な弟のそれだった。歳《とし》は久次郎の方が三つ上だったが、幼少の砌《みぎり》から彼はおっとりした気質だった。

――久次郎さんはいくつになっても、お磐ちゃんの尻に敷かれっぱなしだねえ。

昔から付き合いのある近所の婆は、二人を見るたびそう言って笑った。その婆も二年前に亡くなったので、磐と久次郎の幼い頃を知っている人間はいなくなった。近所には磐たちよりも長くこの地に住んでいる者もいるが、深い交流はない。久次郎は愛想《あいそう》がよかったので誰にでも好かれたが、厳しい顔つきをした磐に寄ってくる者は少なかった。

(そういや、あの人が死んではじめて喋《しやべ》った人もいたっけ)

お悔《く》やみの言葉を磐に述べたのは、一人、二人ではなかった。情が薄そうに見えていた相手に、「本当に残念だ」と泣かれて、磐は驚きつつ、これまでの思い込みを申し訳なく思った。しかし、それから彼らと親しくなったかといえば、否だった。

(火事と葬式は別と言うが、その通りだね)

それを残念には思わなかった。磐は口入屋だ。頼りにしてくる者なら、大勢いる。仕事上の付き合いではあるが、他人との繋《つな》がりはそれで十分だった。

「性悪」と言われた白猫は、目を瞬《しばたた》かせて、後ろ足で頭を掻いた。

「猫に宿ったからかなあ……いくら前の世の記憶がそっくり残っているとはいえ、多少性格が違うのは仕方がないのかもしれない」

ごめんな、と寂しげに呟かれて、磐はきゅっと唇を噛《か》んだ。

──ごめんな、お磐。

すっと立ち上がった磐は、白猫の脇を通って土間に下りた。

「……性格が一寸《ちよつと》違うくらいで謝らないで欲しいね。何もかも違うんだから、今更だろ」

言い捨てるなり、逃げるように外に出た。

磐は、久次郎を憎いと思ったことがあった。

──お磐ちゃん。お磐ちゃんがうちに来てくれてよかった。お磐ちゃんがいなかったら、俺はきっと独りぼっちだったよ。

久次郎にそう言われたのは、磐が十三の時だった。

——あんたのどこが独りぼっちなのさ……あんたには立派な親がいるじゃないか。親がいて、家があって、友もいる。おとっつぁんたちの跡を継げば、食うに困ることはない。生きていく金があるなら、周りの奴らは離れない。あんたのどこが独りぼっちなんだよ！

磐はそんな風に久次郎を詰《なじ》り、生まれてはじめて大泣きした。もし、違う人物が言ったのなら、涙は流さなかったはずだ。久次郎にだけは、そんなことを言って欲しくなかった。きっと、久次郎とは対等でいたかったからだろう。磐は捨て子で、久次郎たちに世話になっている身だ。生まれや育ちからして、対等であるわけがない。それは分かっていたが、それでも——と磐は思った。

久次郎は謝らなかった。それを、磐は不思議に思った。優しい久次郎のことだ。磐が泣いたら、慌てて「ごめんな」と言い、涙を拭ってくるはずだった。それを期待していたわけではないが、そうされないことに違和感を覚えた時点で、磐は甘えていたのだ。羞恥《しゅうち》で顔が赤くなった時、ようやく久次郎は口を開いた。

——……親がいても家があっても友がいても、生きていくだけの食い扶持《ぶち》があってもさ、独りぼっちの奴はいるんだよ。

——……あんたがそうだって言うの？　似合わないよ。

眉を顰《ひそ》めて述べた磐を見て、久次郎は苦しそうに微笑んだ。

——俺が独りぼっちじゃないのは、お磐ちゃんのおかげなんだよ。きっと分からないと思うけれど、それだけは忘れないでおくれ。

「……忘れられるもんか」

裏道を抜けて近くの社《やしろ》に来た磐は、ぽつりとこぼした。ほとんど誰も参ることがない朽《く》ちかけた社は、小さな鎮守《ちんじゅ》の森に囲まれている。ここは、磐と久次郎がよく遊んだ場所だった。その辺に落ちている木の枝を持って戦い、かくれんぼや鬼ごっこをした。近所に同じ年頃の子どもは何人もいたのに、いつも二人きりだった。磐と久次郎はまるで姉弟のように仲睦まじかった。しかし、磐は久次郎を弟だとは、ましてや兄だとも思ったことはない。

森の奥まで進んだ磐は、草の茂みで半分以上隠れてしまっている社の前で屈《かが》み込んだ。手は合わせず、目を瞑《つむ》って祈ろうとした。

久次郎が無事成仏《じょうぶつ》しますように——そう頼もうとしたくせに、できなかった。

「久次郎が死んで、もう一年だ」

そんな言葉を掛けられた時、磐はゆっくり瞬《まばた》きをした。

（そんなに経《た》つのか）

盆に墓参りをしたのが、ついこの前のように感じられた。磐は二十を過ぎてから、歳を取るのが早くなった気がしていた。子どもの頃の一年間と、大人になってからの一年間は、どう考えても同じものではない。

「同じだよ。歳を取って、感じ方が鈍くなっただけさ」

そう言って意地悪く笑ったのは、近所に住まう飾り職人の千市《せんいち》だ。見目《みめ》がよく、軽薄で調子のよい男だが、これでいてなかなか腕が立つ。彼の作った簪《かんざし》は、飛ぶように売れた。職には困っていないくせに、このところ磐の許に毎日のように通ってくる。何がしたいのかよく分からぬ男だ、と磐はいつも冷めた目で千市を見ていた。

「ただでさえ愛嬌《あいきょう》のない顔つきをしているんだ。そう怖い顔をしなさんな」

「余計な世話だね。あたしはへらへらしている奴が好かないんだよ」

「お前の死んだ旦那《だんな》みたいな奴か」

肩を竦《すく》めて述べた千市に、磐は手にしていた帳面を投げつけた。簡単に避《よ》けられたはずなのに、千市はなぜか微動だにせず、帳面を顔で受け取った。

「……まだそれほど好きなのか？」

足元に落ちた帳面を拾いながら、千市はぽつりと言った。

「あんたの旦那は、ひどいお人好しだった。見ず知らずの奴を庇《かば》って死ぬくらいのな。だから、あの世からあんたのことを見ているはずだ。俺を忘れて幸せになってくれってな」

「死人の代弁なんて気色が悪いことするじゃないか」

「死人といっても、あんたの旦那だ」

「そうさ。死んでもあたしの旦那だ。あたしよりもあの人のことを分かる奴なんてこの世にはいないんだよ」

低い声音で答えると、千市は深い溜息《ためいき》を吐いた。

「……諦めて俺と一緒になれよ」

いつもの誘いに、磐は「嫌だね」と即答した。

「まだうんと言わないのか。強情《ごうじょう》も大概《たいがい》にしろよ」

「あんたこそ。そんな馬鹿げたことを言うようになって大分経つよ。何を意地になっているんだい？　冗談は休み休み言いな」

「こんな馬鹿らしい冗談は言わねえよ」

千市は唇の端を歪めて言った。そうした気障《きざ》な表情も、よく似合う男だ。

「……腹が立つが、あんたなら他にいくらでもいい女がいるだろ？　あたしはもういい歳だ。愛嬌もなければ、美人でもない。あんたにくれてやる優しさもない。あたしと夫婦になったって、あんたにいいことなんざ一つもないんだよ」

「……だから、強情も大概にしろよ！」

低く呻いた千市は、さっと立ち上がって磐に近づいた。磐はとっさに懐から小刀を取りだしたが、鞘《さや》から引き抜くことはできなかった。

（……みっともない）

磐の肩に置かれた千市の手は、小刻みに震えている。磐を抱きしめる勢いだったのに、二人の間には一人分の距離が空いていた。

磐は千市をじっと見据えた。ふだんの居丈高《いたけだか》な様子とまるで違い、千市の顔は哀しげに歪んでいる。まるで、迷子になってしまった幼子《おさなご》のようだった。

「……あんたは、あたしを哀《あわ》れんでいるんだよ。親友がこの世に遺した忘れ物だから、己も大事にしなければと勘違いしているんだ」

「……はは……」

磐の呟きに、千市は乾いた笑いをこぼした。

幼い頃、久次郎と千市は親友だった。二人が知り合ったのは、磐が風来屋に来る前のことだ。磐が風来屋に来てから、久次郎はいつも共にいてくれたが、磐が不在の時には大抵《たいてい》千市と一緒にいた。磐と久次郎以上に正反対の二人だったものの、不思議と馬があったようだ。互いに好いているように見えたが、磐は千市が嫌いだった。

――とてもか弱い女には見えないよ。

はじめてまともに千市と顔を合わせた時、彼は磐をまじまじと見てそう言った。それで腹を立てたわけではない。むしろ、（その通りだね）と得心《とくしん》したのだ。磐は己が女らしくないことを幼い頃から知っていた。だから、他人に言われても何とも思わなかった。

しかし――。

――……お前とはもう会わない。

久次郎が千市を見据えて、低い声音を出した。その時の久次郎は、これまで見た誰よりも恐ろしかった。磐も千市も絶句し、固まった。重苦しい空気の中、久次郎は磐の手を強く引いて、その場から去った。

それ以来、久次郎は宣言通り、千市と会わなくなった。

――……何をそんなに怒ってるんだい？　そろそろ赦してやればどうだ？

磐は何度か諭《さと》したが、久次郎は頷《うなず》かなかった。他の理由もあって嫌いになったのかもしれぬと気づいた時には、千市はよその土地へ移っていた。

千市が再びこの地に戻ってきたのは、久次郎が三十を迎えた年だった。

――相変わらず、か弱い女には見えねえな。

裏道で顔を合わせた時、千市はそう言って笑った。磐はやはり何とも思わなかったが、傍らにいる久次郎の醸《かも》しだす気がひんやりとしたことに気づき、息を呑んだ。おそるおそる様子を窺《うかが》うと、久次郎は無表情を浮かべて、千市をじっと見据えていた。

結局、久次郎と千市は言葉を交わすことなく別れた。久次郎に手を取られた磐は、引きずられるようにして前に進んだ。角を曲がる時、ちらりと後ろを向くと、千市は立ち止まってこちらを見ていた。怒っているか、馬鹿にしているか――そのどちらかの表情を浮かべていると思ったが、千市はなぜか幸せそうに微笑んでいた。

（そういえば、昔もそうだった）

絶交されたにもかかわらず、千市は笑っていたのだ。愛《いと》おしい相手を見つめるような、慈悲《じひ》深い表情を浮かべていたのを、磐はふと思いだした。

深川に戻ってきた千市は、見るたびに違う女を連れていた。磐に「か弱い女に見えない」と言っただけあって、どの女も浮世絵から飛びだしてきたかのように、たおやかで儚《はかな》げだった。磐と久次郎が歩いている時、女連れの千市とすれ違うことはあったが、互いに目も合わせなかった。磐も夫に倣《なら》って、見ないふりをした。しかし、どうしたって視界の端に映った。その時千市は、やはり幸せそうに微笑んでこちらを見ていた。

(わけが分からない男だ)

出会った時から、磐は千市が嫌いだった。千市は、あれほど優しい久次郎を怒らせたのだ。嫌いになる理由は、それだけで十分だった。

――お磐……！　久次郎が斬《き》られた！

久次郎が事件に巻き込まれた時、磐へ知らせに走ってきたのは、千市だった。一瞬、斬られたのは、千市だと磐は思った。千市の身体は血で塗《まみ》れており、顔色は真っ青だった。それが久次郎の血だと理解できぬまま、磐は千市に手を引かれて表通りに向かった。

磐は、久次郎の死に目にあえなかった。しかし、千市は久次郎を救いだそうとして、その死を看取《みと》った。磐は、ますます千市が嫌いになった。

――どうしてあんたなんだよ……どうしてあたしじゃないんだ……狡《ずる》いよ。

久次郎の亡骸を抱きながら、磐は己の身を支えている千市を、押し殺した声で詰《なじ》った。八つ当たりもいいところだった。それなのに、千市は「ごめんな」と何度も言った。磐の肩を支えている手は、今と同じように震えていた。

「あたしの八つ当たりを未だに気にしているんだろ？　ごめん……謝るよ。あんたは少しも悪くない。あの人を助けようとしてくれて感謝してる。あたしをわざわざ呼びにきてくれたことも……ありがとう。ごめん……ごめんよ――ありがとう」

謝罪と礼の言葉を幾度か繰り返した時、磐の肩に乗った手に力が籠《こも》った。

（あ――）

言葉を発する間もなく、磐は千市の逞《たくま》しい腕の中に収まった。

「久次郎にあんたのことを頼まれたんだ……」

千市の呟きを耳にした磐は、（やはり）と思った。久次郎は死に際、藁《わら》にもすがる思いで千市に磐のことを託《たく》したのだろう。

「あんたが遺言だと信じてる言葉は、間違いだ。あんたじゃなくてもよかったんだよ。あの時、誰かに託せたらそれで……」

　磐は諭すように言った。もしかすると、久次郎は、相手が千市と分かっていなかったのかもしれぬ。己を助けようとしてくれた男なら――そう思ったのだろう。千市と分かっていたら、磐のことを頼まなかったに違いない。そのくらい、久次郎は千市を嫌っていた。

（……だから、あたしもこいつが嫌いなんだ）

　磐は千市の胸を押し返し、腕から逃れようとした。しかし、千市の腕の力は緩まず、ますます強く抱きしめてきた。やめろ、ともがいた時、千市はぽつりと言った。

「死に際に言われたわけじゃない」

「……嘘を吐《つ》くな。あんたたち、仲が悪かっただろ。あんたなんかにあたしのことを頼むわけがない」

　磐がそう言うと、千市は小さく苦笑した。

「何がおかしいんだよ……からかっているのか⁉」

「いや……お前でも、久次郎について知らないことがあるんだな。俺たちがまだ親友だった頃、奴はこう言ったんだよ」

――お磐ちゃんを頼むよ。あの子を頼めるのは、お前しかいないんだ。ずっと先の話だけれど、忘れないでおくれよ。……でも、あの子のことが気に入らなかったら、忘れてくれていいんだ。そもそもこれは約束じゃない。だから、忘れてくれていいよ。

「覚えていればいいのか、忘れたらいいのか……ちっとも分からなかった。面倒くさいから忘れちまおうとしたが、俺はいつまでも覚えていた。はじめてあんたと顔を合わせた時、久次郎が言うような女には見えなかった。あんた、目が強すぎる。昔も今もずっと――」

そう言って、千市は磐の顔をじっと覗《のぞ》き込んだ。

（どっちが……）

内心舌打ちした磐は、ぐっと目に力を込めた。そうしなければ、負けてしまいそうだった。千市ははじめて会った時から、磐をまっすぐ見つめてきた。すれ違っても目を合わせなかったが、彼は磐たちから視線を外さなかった。磐たちを見送る時の千市の瞳は、いつだって心配そうに揺れていた。だが、姿が見えなくなる時、いつもほっとしたように目を細めた。まるで、磐たちが無事であることを喜んでいるかのようだった。

千市は、磐の頰にそっと触れた。想像とは違って、温かな手をしている。子どものような体温が、じんわりと肌に滲《にじ》んだ。それを心地よいと感じてしまうことが、磐はたまらなく嫌だった。

「お磐……俺と一緒になろう」

磐は口を開きかけて、止まった。

戸の向こうに伸びている影に気づいたのだ。

「──待ちな！」

磐は叫ぶと同時に立ち上がり、土間に駆け下りた。

「お磐！」

千市の引きとめるような声が響いたが、無視してそのまま外に出た。

（……いた）

駆け去っていく影を認めた磐は、着物の裾を端折《はしよ》って後を追った。

逃げていく影は、何度もつまずいた。その隙に、磐は距離を縮めた。磐の足は速い。見目によらず俊足と言われていた久次郎と張るくらいだ。だから、必ず追いつけると信じて、影を追った。

相手が足を止めたのは、狭い袋小路に突き当たった時だった。息を切らした相手は、追いついた磐の前で背を向けて仁王立ちしている。磐は乱れた髪を耳にかけながら、「待ってた」と掠《かす》れた声音を出した。

「あんたのことずっと待ってた……一年経ってようやく来てくれたんだね」

びくりと肩を震わせた相手を見据えながら、磐は続けた。

「あたし、本当は何度も店をやめようと思ったんだ。でも、やめられなかった。あんたが来るかもと思ったから……来てくれて嬉しい」

「……どうして――」

相手の漏《も》らした声に、磐はくすりと笑った。

「どうして? そんなの分かりきったことじゃないか。野暮《やぼ》なこと言うんだね。あたしはずっとあんたに会いたかったんだよ。さあ、こっちを向いて……」

「………」

背を向けていた相手は、観念したかのようにゆっくりと向き直った。顔色は蒼白《そうはく》で、頬はげっそりとこけている。身体は頼りないほど薄く、露《あら》わになっている手首足首は、棒のように細い。磐の知っている彼とは、まるで別人のようだった。

「可哀想に……棺桶に片足突っ込んでいるみたいじゃないか」

哀れむような声を発した磐は、懐に手を差し入れた。そこから取りだしたのは、小刀だった。磐と対峙《たいじ》する男はますます青ざめたが、一歩下がっただけで逃げだそうとはしなかった。それを見て眉を顰《ひそ》めた磐は、口許に薄い笑みを浮かべた。

「あの人の――久次郎の仇を討ってやる」

低く唸《うな》り声を上げた磐は、小刀の鞘《さや》を躊躇《ためらい》なく引き抜き、男に向けた。

(待ってた……ずっとこの時を――)

久次郎が仲裁した喧嘩の片方は、風来屋に出入りしていた男だった。誤って久次郎を刺してしまった後、男は行方をくらませた。

――上手《うま》いことよそに逃げたんだろう……悔しいが、忘れちまった方がいい。

風来屋の客たちは皆そう言ったが、磐は決して忘れなかった。久次郎を刺した男は、生まれついての無宿者で、いつも小競《こぜ》り合いばかり起こしていた。粗野で乱暴だったが、それが気弱な本性を偽るためのものだと磐は気づいていた。だからこそ、扱いも知らぬ脇差《わきざし》を振り回し、相手を誤って斬りつけた上、恐ろしくなって泣きながら逃げたのだ。久次郎が斬られた時の話を聞いた磐は、男がいつか己の許を訪れると考えた。ただの願望でしかなかったが、その予感は見事的中した。

(……本当に意気地がない奴だ)

顔面蒼白で項垂《うなだ》れた男をじろりと見据えて、磐は歪んだ笑みを浮かべた。男は丸腰だった。あの時久次郎を斬った脇差は、どこかで処分したのだろう。

「どうせなら、あんたの脇差で斬ってやりたかったが――仕方がないね」

磐は小刀を構えたまま、男に突進した。

――お磐ちゃん。お磐ちゃんがいてくれてよかった。

(……あたしも)

――お磐は本当にしっかりしているなあ。お磐がいてくれるから、俺は生きていられるんだよ。

(馬鹿だね……それはあたしの方だよ)

返せなかった言葉が、胸によぎった。

――お前のことが好きだからだよ。

(あたしもだよ。昔からずっと……あんたが死んでからもずっと――)

だから――と磐は思った。

(仇を討ったら、あたしもあんたのところに行くよ)

この一年ですっかり固まった決意を胸に、磐は小刀を男に突き刺した。

ぶすり、と確かな感触を覚えた。

赤い鮮血が、泉のように湧きだした。目の前が真っ赤に染まった時、磐は強い眩暈《めまい》を感じた。

意識が遠のいていく――。

＊

眩《まぶ》しい陽射しのなか、二人の少年は連れだって歩いていた。

「俺はね、どうやらそれほど長く生きられないらしいんだ」

久次郎の言に、千市は（またはじまった）と肩を竦めた。

「今度はどんな夢を見たんだ？」

「うん」

こくりと顎《あご》を引いた久次郎は、呆れ顔の千市につらつらと語った。久次郎が見た夢は、久次郎が三十半ば頃の話だった。誰かの喧嘩を仲裁しようとしたものの、斬られてしまったらしい。

久次郎はよく夢を見た。それは、もっぱら未来にまつわるものだった。自分の時もあれば、他人の時もあったが、未来が見える範囲は深川内に限られているようだった。千市が教えてもらった限り、久次郎の夢はほとんど当たっていた。だが、千市は（偶々《たまたま》だろう）と考えていた。

「どうせただの夢なんだから、もっといい夢を見ろよ」

ますます呆れ顔をした千市に、久次郎は困ったような笑みを見せて言った。

「俺もそうしたいところだが……これぱっかりはねえ。まあ、いいさ」

「ああ、お前は頭が軽いからいいよ。俺は一々《いちいち》覚えてる。そんな胸糞《むなくそ》悪い夢も、きっとずっと忘れられないんだ」

千市は、辟易《へきえき》した声を出した。未来の夢を見ては千市に語るくせに、当人はすぐに忘れてしまうのだ。「あの夢当たったな」と言っても、久次郎は何のことだかさっぱり分からぬといった具合に、首を傾げる。

「なあ、千市……一つ頼まれちゃくれないか？」

久次郎は足を止めて言った。ちょうど、鎮守の森の前に差しかかった時だった。真面目な表情を浮かべた久次郎を見て、千市は顔を顰《しか》めながら「事と次第によると答えた。久次郎は目を瞬《しばた》かせ、くすりと笑った。

「俺の夢が当たってしまったら、いつかあの子は一人になっちまう。あの子を――お磐ちゃんを頼むよ。頼めるのは、お前しかいないんだ。ずっと先の話だけれど、忘れないでおくれよ。……でも、あの子のことが気に入らなかったら、忘れてくれていいんだ。そもそもこれは約束じゃない。だから、忘れてくれていいよ」

「おい……どっちだよ」

千市は首の後ろをさすりながら問うた。久次郎は至って真面目な表情をしたまま、「どっちもさ」と答えた。

「あの子をとられるのが嫌なんだ。でも、あの子が独りぼっちになっちまうのはもっと嫌だ。お磐ちゃんは強い子だよ。皆はそう言うし、あの子もそう思ってる。きっと、一寸自慢なんだよ。でも、俺は知ってる……本当のあの子は、弱くて寂しい子なんだ。独りぼっちになったら、きっと死んでしまうよ。俺がいなくなったら、あの子は独りぼっちなんだ」

たかだか夢だ。それなのに、久次郎は真剣に語った。その勢いに呑まれつつあった千市は、溜息混じりに述べた。

「……お前がいなくならなきゃいい話だろう。夢に惑《まど》わされるな。それに、どうせお前は明日になったら忘れちまうんだ」

この会話さえも、夢の向こうに消えていく。なぜだかは分からぬが、いつもそうだった。千市はそれを少し寂しく思っていたが、この時は（助かった）と思った。

あまりにもお人好しで割を食ってばかりの幼馴染に、千市は苛立《いらだ》つことが多かった。だが、それも心配の心から出たものだ。千市は、久次郎が好きだった。たった一人の親友なのだ。

（……そんな未来は来ない）

ちらりと鎮守の森の奥を見遣《みや》った千市は、そこにいる神に心の中で祈った。

「でも、お前は覚えてる。……だから、頼むよ」

久次郎がそう呟いた声は、聞かなかった振りをした。

翌日、久次郎はやはり昨日話したことを忘れていた。だから、千市も忘れることにしたのだが——。

——……本当のあの子は、弱くて寂しい子なんだ。独りぼっちになったら、きっと死んでしまうよ。俺がいなくなったら、あの子は独りぼっちなんだ。

その言葉が、耳から離れなかった。千市は、磐が幼かった頃から知っている。だが、話したことはなかった。久次郎の性格なら、妹のような存在の磐を、親友に紹介しないわけがない。しかし、久次郎は決してそうしなかった。理由が分かったのは、久次郎から不吉な未来の夢の話を聞いた数日後だった。

久次郎と磐は、並んで歩いていた。常だったら、通り過ぎる時に久次郎と軽く会話を交わすだけで、磐とは目も合わせなかった。

だが、その日は違った。千市はすでに女から言い寄られることが多かったが、そういう相手にもしたことがないほど、磐をじっと見つめた。

見開いた目は、猫のようだった。濁りなき白目と、爛々《らんらん》と輝く黒目が、まっすぐ千市を見つめ返す。

(……何だ)

千市はほっと息を吐いた。

「とてもか弱い女には見えないよ」

思わず口をついて出た言葉は、磐に対する嘲《あざけ》りではなかった。磐は取り立てて美しくはなく、たおやかさも儚さも持ち合わせていない。上背もあるので、髷《まげ》を結ったら男に見えるかもしれぬ。だが、千市は磐を綺麗だと思った。誰よりも強い力を宿した瞳が、千市の心を捉《とら》えて離さなかった。

——……お前とはもう会わない。

久次郎はそう言って、磐を連れ去った。千市が磐に惹《ひ》かれたことに、久次郎は気づいたのだろう。そして、千市も、久次郎がこれまで磐を紹介しなかった理由に気づいた。

久次郎と千市は親友だった。一見似たところのない二人だったが、好きになるものだけは似ていたのだ。

去っていく二人の姿を眺めて、千市は祈るように呟いた。

「……大丈夫だ。お前の見た未来など来ない。俺が守ってやる。だから、お前は安心してその子の手を引きつづけるんだぞ」

＊

磐はゆっくりと目を開いた。

瞼《まぶた》の裏に広がっていたのは、昔と思《おぼ》しき光景だった。その中で、磐は千市になっていた。

（今のは……）

「どうして、こんな時に夢なんか――」

呟いた磐は、はっとして前を見た。磐は男に小刀を突き刺したのだ。

男は、目の前で仰向けに倒れていた。しかし、傷は見当たらず、血も流れていない。ただ喪神《そうしん》しているだけのようだった。

「どうして……」

磐は額に手を当てて、掠れ声で呻いた。右手から落ちたのは、血がついた小刀だった。

磐の足元には、血塗《ちまみ》れの猫がいた。

「あ……」

崩れ落ちるようにしゃがみ込んだ磐は、猫を怖々《こわごわ》持ち上げた。瞼を閉じていた白猫は、ゆっくり目を開き、琥珀色の瞳を半月の形に変えた。

「お磐……」

「あたし……あたしがあんたを……久次郎を……猫を……！」

「猫は大丈夫だ……お前が刺したのは、この世に遺《のこ》っていた俺の未練だけだ」

磐は震える手で、白猫の身体を調べた。すると、確かに白猫は無傷で、血は他の誰かのもののようだ。しかし、周りに怪我をした者はいない。磐自身も傷ついてはいなかった。

（あたしが刺したのは――）

磐の目に涙の膜が張った時、白猫はゆるりと首を振った。お前のせいではない――そう言っているかのようだった。

「もう手を汚そうなんて考えるなよ。……お前がそんなことをしたら、独りぼっちになってしまう」

「あんたはもういないじゃないか……」

「独りぼっちになるのは俺じゃないよ。お磐……お前も独りぼっちじゃない」

「嫌だ……嫌だよ……独りぼっちは嫌だ……」

磐は白猫を抱きしめながら、ぽろぽろと泣いた。久次郎が死んだ日以来、はじめて流した涙だった。白猫はますます目を細めて、小さな口を笑みの形に変えて言った。

「もうお前の涙を拭ってやれないんだなあ……悔しいが、俺の負けだ。役目は譲ってやるさ。絶交などと意地の悪いことをした償《つぐな》いだ……」

「……久次郎――」

磐が彼の名を呼んだ時、白猫の身から赤い羽衣のようなものがするりと抜け落ちた。空に舞い上がったそれは、間もなく消えた。

「――にゃあ」

可愛い鳴き声が聞こえた。視線を下ろすと、真っ白な身に戻った猫が、磐の腕の中で必死にもがいていた。

「……お行き」

磐は呟きながら、そっと白猫から手を放した。地に下りたつや否や、猫は磐を置いて駆けだした。磐がその姿を見送っていると、こちらに近づいてくる足音が響いた。その必死な音は、一年前のあの日を思いださせた。

「お磐……お磐！　無事か⁉」

磐の姿を認めた相手は、今にも泣きそうな顔で叫んだ。磐はゆっくりと立ち上がり、こくりと頷いた。あと十数歩で、千市は磐の許にたどり着く。

（その前に……）

磐は己の手で溢《あふ》れる涙を拭った。

韓藍《からあい》の庭

三好昌子

——きっきり舞うよ、きっきり舞うてこう——

子供等は鬼を囃《はや》したてながら、散り散りに逃げて行く……。

二条通《にじょうどおり》にある薬師堂《やくしどう》の境内《けいだい》は、町内の子供たちの遊び場だった。その境内の片隅に、一人で独楽《こま》を回す少年がいた。年の頃は、七つのお紗代《さよ》よりも二つ三つほど上に見える。無心に独楽を操《あやつ》るその姿は、楽しんでいるというよりも何やら怒っているようで、お紗代の方が、泣きたくなったのだ。

庭師「室藤《むろふじ》」が、薬種問屋《やくしゅどんや》「丁字屋《ちょうじや》」の庭普請《にわぶしん》の依頼を受けたのは、明和五年（一七六八年）、八月二十三日のことであった。

ひと月ほど前、京の町は暴風雨に見舞われた。古木《こぼく》や大木が倒れ、民家ばかりか、由緒《ゆいしょ》のある神社や寺などの、屋根や棟《むね》も被害に遭《あ》った。

そのため、京の大工《だいく》や庭師の許《もと》には、普請依頼が次々に舞い込んでいた。皆、年が終わるまでには、庭も家も直して新年を迎えたいと思う。それに、そろそろ庭木は秋の手入れの時期だった。木によっては、古っ葉引きや肥料やり、剪定《せんてい》が必要なものもある。それをしなければ、美しい庭は保てない。

「丁字屋」は、同じ庭師の「空木屋《うつぎや》」の得意先の一つだった。仕事の多さにどうにも手が回らなくなった「空木屋」が、「室藤」に頼み込んで来たのだ。

日頃は互いに張り合っていても、こうも多忙になると、どうしても他の庭師の力を借りなければならなくなる。

「室藤」の棟梁《とうりよう》、藤次郎《とうじろう》は、いざという時は職人同士助け合うのが本分《ほんぶん》だとばかり、「丁字屋」の仕事を引き受けることにした。藤次郎は、お紗代の父親であった。

「『室藤』の客やないが、『空木屋』はんが、うちを信用して頼んで来はったんや。一度きりやいうて、手を抜くんやないで」

「それは、承知してます」

棟梁の言葉に、一番弟子の清造《せいぞう》がどこか不満気な顔で頷《うなず》いた。日に焼けた精悍《せいかん》な顔にも、さすがに疲れの色が見える。

「せやけど、丁字屋の仕事は、二条新町《しんまち》の本宅やのうて、賀茂《かも》川沿いの下鴨《しもがも》村の寮やて聞いてます。あそこは去年の八月にも、旋風《つむじかぜ》の被害に遭《お》うたところや。そう簡単に終わる仕事やあらしまへん」

賀茂川と高野《たかの》川が合流して鴨川となる。その間には、古くから賀茂御祖《かもみおや》神社の壮大な社殿《しゃでん》と御神木《ごしんぼく》の森が鎮座《ちんざ》していた。賀茂川の対岸の洛中《らくちゅう》は、川に沿ってお土《ど》居《い》が走り、数多くの寺が連なっている。その南の端にある本満寺《ほんまんじ》と町屋の間を遮《さえぎ》るようにして東西に街道が走り、賀茂川を渡る橋が架《か》かっていた。

丁子屋の寮は、その橋を渡った所にあった。

「普段、使《つこ》うてへんのやったら、急いで普請せんかてええんと違いますか？」

「丁字屋はんにも、なんぞ事情があるんやろ。去年の大風で庭木が何本か倒れた時も、すぐに空木屋に依頼が来たそうや」

どのような事情にも関わりなく、得意先から呼ばれればすぐに飛んで行くのが庭を任されているもんの役割や、と、藤次郎は宥《なだ》めるように清造に言った。

「それができひんさかいに、空木屋もうちを頼って来たんや。丁字屋はんも、仕事を急いで貰《もら》いたい言《ゆ》うて、近隣の農家を借りてくれた。食事も用意してくれはるし、寝泊まりもできる。とにかく、五日ほどで終えて欲しいそうや」

室藤では、他にも仕事を請け負っていた。丁字屋に回せる職人は、一番弟子の清造の他に二人が精一杯だ。

「孝太《こうた》と庄吉《しょうきち》、お前たちが行け」

藤次郎は二人の方へ顔を向けた。弟子入りしてから、孝太は三年、庄吉もそろそろ二年が経つ。清造に仕切らせればなんとかなると、藤次郎は考えたのだ。

藤次郎は、今年、十八歳になる娘のお紗代に視線を移してこう言った。

「他所《よそ》さんで世話になるんや。女手もあった方がええ。お前も行ってくれるか」

翌朝、丁字屋の下鴨の寮の門の前で、室藤の一行を迎えたのは四十代半ばの女であった。

「この寮を任されてる、お時《とき》てもんどす」

近隣の農家の嫁で、以前は丁字屋で奉公していたこともある。その縁で寮を預かっているのだ、とお時は言った。

お時は、「ほな、さっそく」と懐《ふところ》から鍵を取り出し、檜皮葺《ひわだぶき》の門に掛かっている大きな錠前を、ガチャガチャと外し始める。

「辺鄙《へんぴ》な所やさかい、閉じまりには気をつけてますのや」

お紗代は周りを見渡した。

対岸の洛中側には町屋があり、その向こうには、禁裏《きんり》の下《しも》屋敷や公家《くげ》衆の屋敷の屋根瓦が、どこか神々しい光を放っていた。東山《ひがしやま》連山の際《きわ》から差し込んで来た朝日が、丁度、禁裏の辺りを照らし出したのだ。西の空には、下弦《かげん》の月がほの白く張り付いていた。

屋敷の周りは金色の稲田だった。先だっての暴風雨で倒された稲が、ひと束ずつ起こされて、幼い子供の髷《まげ》のように束ねられている。

いつもは遠くに望む比叡山《ひえいざん》も、今は間近にあった。もっと日が高くなれば、黄色や朱に染まる山肌がはっきり見えるだろう。

お紗代は、皆の後から門を潜《くぐ》った。入ってすぐに、見事な高野槙《こうやまき》が目に入った。一丈（約三メートル）ほどもあろうか。年中、濃い緑色をしたこの木は、あまり手を入れずとも美しい姿を保つ。かなりの高木に育つので、こぢんまりとした町屋の庭には植えられない。

南に向いた門を入れば、玄関前で、この高野槙と金木犀《きんもくせい》が皆を出迎えてくれた。どちらも日当たりの良い広い場所を好む。

金木犀も丈《たけ》は高かったが、昨年の旋風の影響なのか、花付きがまばらだった。それでも、蜜柑色《みかんいろ》の小さな花々は健気《けなげ》に芳香を放っている。

玄関前を東側に回れば、中庭が現れた。清造がため息をつくのが分かった。孝太も庄吉も目を瞠《みは》っている。

およそ三百坪はあろうか。幹を左や右に曲げて仕立てた曲幹や、片方に傾けた斜幹の赤松、大岩を配した前栽《せんざい》の傍らの、玉仕立てにした伽羅木《きゃらぼく》、周囲を檜葉《ひば》の生垣が囲み、それらの常緑樹の中に、楓《かえで》や紅葉《もみじ》が鮮やかな彩りを添えていた。

花木は椿や山茶花《さざんか》、春には、垂れ下がった枝一杯に黄色の小花を付ける連翹《れんぎょう》、それに雪柳《ゆきやなぎ》などだ。おそらく冬には、雪景色の中、寒牡丹《かんぼたん》の花が咲くのだろう。

視線を遠くへやれば、賀茂御祖神社の糺《ただす》の森があり、その向こうには東山の峰々が望め、借景《しゃっけい》となっている。

「先々代の松之助《まつのすけ》はんが、この寮を建てはりました。庭の造作は、空木屋はんどす」

「空木屋」は枯山水を得意としていた。

形の良い岩や石で自然の山野を、また水や川を小石で表す。先々代の望み通りに、空木屋が丹精して来た庭が、今はまれに見る暴風雨によって、たった一日で無残な有様を晒《さら》しているのだ。

水辺を模した白い玉砂利の上に、折れ枝や木の葉が一面に散乱していた。牡丹もほとんどが折れている。新しく植え替えても、花は一年後を待たねばならないだろう。

ただ、元々風雨に強い紫苑《しおん》だけは、無数の落ち葉に絡《から》め取られながらも、茎を凛《りん》と立てて風に揺れていた。一重《ひとえ》の小菊に似た薄紫色の花々が、どこか誇らしげだった。

「折れ枝や落ち葉は、うちで引き取りますさかい、家に運んでおくれやす」

お時が清造に言った。

「風呂や厨《くりや》の焚《た》き付けにしますよって」

仕事の間の寝泊りは、お時の家を借りることになっている。

「御寮《ごりよう》さんから、職人さんのお世話を頼まれてます。手伝えることがあったら、なんなりと言うておくれやす」

さらにお時は、丁字屋の御寮人の名前は、「多紀《たき》」というのだと教えてくれた。

お紗代は竹箒《たけぼうき》で落ちた枝葉を掃き寄せ始めた。清造は庭木を一本一本確かめながら、枝の形や折れ具合を見ては、孝太に「その枝は残して、あっちの枝を払え」などと指示を与える。庭師は験《げん》を担いで「切る」とは言わない。「払う」か「降ろす」と言うのが決まりだった。

庄吉は荷車に集めた枝葉を積んで、お時の家へと運ぶのが役割だ。寮の北側にある田畑を幾つか越えた所に、お時の家はあった。

「嬢《とう》はん、お時さんが、そろそろ昼飯や言うてはりましたえ」

戻って来た庄吉が、首に巻いた手拭《てぬぐい》で額の汗を拭いながら言った。

庄吉に言われて、お紗代は初めて、すでに日が高くなっているのに気がついた。汗ばんだ肌を、ひんやりと撫《な》でる風が心地良かった。


二日の間、ほとんど掃除に時間を費やした。三日目になって、やっと剪定にかかった頃、空木屋の棟梁の息子の源治《げんじ》が姿を現した。源治は二十二歳で、普段から二十八歳の清造を兄のように慕《した》っているところがあった。

「仕事が早《はよ》う片付いたんで、丁子屋を手伝《てつど》うて来いて親父に言われたんや」

丁子屋を長年預かって来た空木屋としては、すべてを他人《ひと》任せにするのは不安だったようだ。多少、無理をしてでも源治の身体《からだ》を空けさせたのだろう。鋏《はさみ》の入れ方一つにも、「空木屋」には「空木屋」の流儀があるのだ。

掃除が一段落つくと、人手が増えた分、お紗代にできることはなくなった。

そこで、お紗代は縁先《えんさき》に腰を下ろすと、庭を存分に眺めることにした。

今、目の前では男たちが懸命に働いていた。清造も源治も仕事には手を抜かない。清造の方が技量も経験も豊富だったが、いずれ空木屋を背負って行く源治には、決して引けない部分があるようだった。

やがて、夕暮れも近くなり、皆は片付けを始めた。お紗代も手伝おうと腰を上げる。

その時だった。どこかで子供の声が聞こえた。怪訝《けげん》に思って辺りを見回しても、ただ風が頬に触れるだけだ。

目の前を茜色《あかねいろ》の蜻蛉《とんぼ》がつぃっと横切る。

お紗代は何気なく蜻蛉を目で追った。蜻蛉は風の中をすいすいと泳ぎ、庭の東側の、竹と小柴が遮っている垣根の向こうへと消えてしまった。

再び子供の声がした。どうやら笑っているようだ。

お紗代はその柴垣《しばがき》の側へ近寄ってみた。垣根の隙間から覗《のぞ》こうにも、太い竹を何本も立て、その間を念入りに小柴で埋め尽くしてあり、とても覗き見などできそうもない。

垣根の向こうに寮の離れ屋があることは、ここに来た日に、お時から聞いていた。

――そこは、触らんといておくれやす――

離れ屋の庭をどうするのか尋《たず》ねた清造に、お時は強い口ぶりで言った。

――かまわんでえぇて、御寮さんが言うてはりましたさかい――

離れ屋といっても、どこかおかしな造りだった。掃除の傍ら、お紗代は寮の庭を端から端まで見て回った。そうして、すぐにその理由が分かった。

どうやら、元々この離れ屋は母屋《おもや》と渡り廊下《ろうか》で繋《つな》がっていたらしい。今では渡り廊下が取り外され、庭の一部と離れが母屋から切り離されて、柴垣で遮られているのだ。

離れ屋に続く木戸《きど》もなく、まるで仲たがいした隣家のようだ。

お紗代は子供の声が聞こえはしないかと、耳を垣根に近づけてみた。いったい、どうやってこの中に入ったのだろう、そんなことを考えていたら、帰り支度が整ったのか、お紗代を呼ぶ清造の声が聞こえた。

その夜、お紗代は風呂を済ませると、源治の姿を捜した。源治は清造と二人で、縁に腰を下ろし、行灯《あんどん》の明かりを頼りに酒を飲んでいた。夜風が冷えるのか、二人は浴衣《ゆかた》の上から少々時期の早い丹前《たんぜん》を羽織《はお》っている。

「源治さん」

お紗代が声をかけると、二人はほぼ同時に振り返った。

「尋ねたいことがあるんやけど……」

源治は清造にちらりと視線を向けた。

「わしは疲れたんで、もう寝るわ。嬢《とう》はん、若棟梁の相手は任せます」

清造は「よっこらしょ」と腰を上げて、「ほな、これで」と寝所へと姿を消した。

「寮の離れ屋のことが、知りたいんや」

お紗代はさっそく口火を切った。源治とは幼い頃からの顔なじみだ。十歳も年上の清造よりも、兄のようで話し易い。

「柴垣が邪魔で、庭を見ることができひん。お時さんは、離れ屋にはかまうなて言うてはるし。元々は母屋とも繋がってた筈《はず》やのに、まるで一軒家みたいになってる。なんで、あないなことをしてはるのか……」

「お紗代ちゃん」

源治は少しばかり厳しい口ぶりになった。

「庭師が得意先の事情を、あれこれ言わんのは知ってるやろ」

「よう分かってる」

だからこそ、清造には聞かれたくなかった。咎《とが》められるのは目に見えている。

「どうしても気になるんや。知ってるんやったら、教えて。誰にも言わんさかいに」

「気になるて……。何かあったんか？」

源治は不審そうに問い返して来る。

「なんとなく、誰かいてるような気がして……」

答えてからお紗代は黙り込んだ。源治が呆《あき》れたようにため息をついたからだ。

子供の頃、お紗代は、よく誰かに呼ばれることがあった。声のした方へ行くと、また別の方からお紗代を呼ぶ声がする。姿は見えないのに、誰かが自分を呼んでいるのだ。それがどういうことなのか、幼いお紗代にはよく分からなかった。

ある日、偶々《たまたま》源治が一緒にいたことがあった。父親に連れられて、「室藤」に来ていたのだ。親同士が話している間、源治は庭でお紗代の相手をしていた。お紗代は六歳、源治が十歳の時だ。

かくれんぼをしていて、お紗代がいなくなった。庭中を捜しても、お紗代の姿はない。大騒ぎになって、源治は散々父親に叱られた。

——お前がついていながら、なんちゅうことを……——

幸い、半時（一時間）ほどでお紗代は戻って来た。二つほど離れた大通りで泣いているのを、「室藤」の得意先の御寮さんが見つけたのだ。

藤次郎にいなくなった理由を聞かれて、お紗代はしゃくり上げながら答えた。

——あの子が、遊ぼう、て、うちを呼んださかい……——

同じ年くらいの子供の声がお紗代を呼んでいたのだと言う。近づけば近づくほど、その子はどんどん遠くなって行き、気がついたら、自分がどこにいるのか分からなくなっていた。

——狸か狐にでも呼ばれたんやろ。幼い時はことに勘の立つ子もいてる。気をつけた方がええ——

そう源治の父親が藤次郎に忠告していた、と、以前、お紗代は源治から聞かされたことがあったのだ。

——ほんまに、あの時は生きた心地がせんかった。もし、お紗代ちゃんに何かあったら、わては親父に殺される、て、そない思うたわ——

お紗代自身は、何も覚えてはいなかった。ただお紗代を強く抱きしめていた母親の温もりに、ひどく安堵《あんど》したのだけは覚えている。

どうやら、源治はその時のことを思い出していたようだ。

「とにかく、あの離れ屋はかまわんとき」

やがて源治は観念したように言った。それから、お紗代の耳元に顔を近づけると声を潜《ひそ》めた。

「あそこには、子供の幽霊が住んでるんや」

呆気《あつけ》に取られているお紗代に、源治はさらに真顔《まがお》で言った。

「ほんまやで。昔、うちの職人から聞いたんや。せやさかい……」

と、源治はさらに声音《こわね》を落とす。

「お紗代ちゃんは、近づかん方がええ」

「うちはもう子供やないで」

お紗代はきっぱりと言い切った。

「狸や狐と、人との区別ぐらいできる」

迷子になった翌年、母は亡くなった。その頃から、お紗代を呼ぶ声は聞こえなくなった。

それがなぜか辛かった。たとえ幻でも良いから、母の姿を見たかったし、その声を聞きたかった。この時になって、お紗代はやっと自分を呼ぶものの正体に気がついたのだ。

最初は五日もあれば終わると思えた庭普請だったが、枝葉の傷みが酷く、清造も源治も、かなり手こずっているようだった。

庭の片付けが終わると、お紗代の仕事は、もっぱら職人の食事作りの手伝いになった。昼の弁当を届けると、夕方まで暇になる。

その日、お紗代は離れ屋の入り口を探すことにした。寮の敷地からは無理でも、柴垣のどこかに木戸の一つもある筈だった。

お紗代は敷地の周囲を歩いてみた。周囲の稲田も、ここ二、三日の間にすっかり刈《か》り込まれている。刈り取った稲穂を束にして干すための稲掛けの列が、町屋のように幾重《いくえ》にも並んでいた。

寮とは反対側に畦道《あぜみち》が通っていた。道の傍らに一本の櫟《くぬぎ》の木があった。丁度、その木の辺りに小さな木戸が見える。それが離れ屋の出入り口のようだった。

櫟の高さは、お紗代の倍ぐらいだ。丸い大きな団栗《どんぐり》が、落ち葉の中に無数に転がっていた。子供が拾いに来てもおかしくはない。お紗代が聞いたのも、団栗を集める子供の声だろう、そう思った時だ。

突然、キキィと木戸が軋《きし》んだ。驚いたお紗代は、咄嗟《とっさ》に櫟の木の後ろに隠れた。

まさか幽霊が木戸を開けて出て来る筈もない。それでも、一瞬、身体が強張《こわば》るのを感じた。

現れたのはお時だった。お時はさほど周りを気にする風もなく、木戸を閉めると、そのまま自分の家の方へと戻って行く。

お紗代は木戸に近寄ると、錠前に触れた。お時が鍵を掛けているのを見た。ところが、少し力を入れただけで、扉はギギィと開いたのだ。

(鍵が壊れてるんやろか)

不思議に思いながらも、お紗代は一歩中へと踏み込み、そうして、思わずその場に立ち尽くしてしまった。

そこは……、まるで火の海だった。

炎の色と形をしたその草花を、お紗代の母、お信乃《しの》は愛した。病《やまい》の床《とこ》につくようになってからは、なおさらだった。

——命が燃えているようや——

それが理由だった。

三尺(約九十センチ)ほどの高さになる緑のしっかりとした茎の先に、焔《ほむら》のような花が付く。庭先のわずかな一群れであったが、母が鶏頭《けいとう》に自分の命を重ねていたことを、後になってから知った。晩秋、鶏頭が色褪《いろあ》せてすっかり枯れる頃、お信乃が息を引き取ったからだ。

鶏頭は「韓藍《からあい》」ともいうのだと、生前、母が教えてくれたのを、この時、お紗代は思い出していた。

丁子屋の離れ屋の庭は、この韓藍に埋め尽くされていた。丈がお紗代の胸の辺りまで来るものもある。韓藍を掻《か》き分けないと、とても前には進めなかった。お時はどうやら柴垣に沿って、離れ屋の横手に回ったようだ。そこだけ、鶏頭が踏みしだかれている。

かつては前栽や庭石もあったのだろう。だが、今はすべて花に埋め尽くされていた。

庭木は影も形もない。ただ、柿の木が一本だけ、庭の隅で、辛《かろ》うじて己の存在を示していた。採る者もいないのか、熟した実は鳥に食べられるままだ。

人の気配はまったくない。縁側の板戸はきっちりと閉められ、住む者もいなくなって久しいようだ。

――子供の幽霊が住んでいる――

源治の、そんなたわいのない言葉を思わず信じそうになった。

お紗代の周囲を、蜻蛉が何匹も飛び交っている。鶏頭の穂先から生まれ出たように、蜻蛉は朱に染まって風の中を浮遊《ふゆう》していた。

「きっきり舞《も》うて来い」

突然、鶏頭の茎が揺れて、子供の声が近くで聞こえた。

「きっきり舞うて、こう」

驚くお紗代の眼前で鶏頭の群れが左右に割れ、子供の顔が覗いた。

頭の上に髷を乗せた、十歳かそこらの男の子だ。子供は、再び「きっきり舞う、きっきり舞うて来い」と言って姿を隠した。

子供の身体はすっかり鶏頭の海に沈み、まったく見えなくなった。それでも、子供の居場所は、揺れる鶏頭や、蜻蛉の群れが散る様子ですぐに分かった。

「きっきり舞う」は子供の遊びだった。逃げる子供たちを、一人が追っかけて捕まえる。

捕まれば、その子が今度は鬼になって追っかける番だ。

どうやら、お紗代は子供を捜さなくてはならないようだ。誘われるままに、お紗代は鶏頭の中へと分け入った。

「坊《ぼん》、どこや、どこにいてるん」

呼びかけながら進んで行くが、子供の笑い声とさわさわと鶏頭を揺らす音は、庭のあちらこちらから聞こえて来る。

(そない広い庭やないのに)

母屋に比べたら三分の一の広さもない庭だ。それなのに、鶏頭の咲き乱れる秋の野辺《のべ》にいるような気がする。それも、たった一人で……。

ふいに寂しさが込み上げて来て、お紗代は両目をしっかりと閉じた。自分がいるのは離れ屋の庭先に過ぎない。そこは、誰の手も入っていない、ただ鶏頭が咲いているだけの庭なのだ。

再び目を開くと、もはや子供の声は聞こえなかった。お紗代は庭の中ほどに立っていた。自分の踏みしだいた跡がくっきり残っている。今も、草履《ぞうり》は倒れた鶏頭の花を踏んでいた。

「堪忍《かんにん》え」

思わず声に出して花に詫《わ》びた。

お紗代は庭から出て行こうとした。さっきの子供も、どこからか忍び込んで来た、近隣の農家の子なのだろう。

「もう、帰るんか?」

ふいにそんな声が背後で聞こえた。

驚いて振り返ると、一人の男が立っていた。

見た限りでは、年齢《とし》は源治とあまり変わらない。痩《や》せ気味《ぎみ》で、肌がやたらと白い。そのせいか、唇の赤さばかりが目立つ。庭師の日に焼けた肌を見慣れているせいか、お紗代には妙な違和感があった。

「せっかく来たんや。ゆっくりして行き」

男は人懐《ひとなつ》こい顔で笑った。

深緑の青茶と、明るい薄柿色の唐桟縞《とうせんじま》の絹の小袖《こそで》に、光琳松《こうりんまつ》をあしらった長羽織《ながばおり》を着ている。

間違っても職人には見えない。それに、昼日中にこんな一軒家にいるのだ。働き者の商人の筈もない。

「うち、帰ります。すんまへん、勝手に入ってしもうて」

遊び人に関わっている暇はない。お紗代は急いでその場から離れようとした。

すると、男はいきなりお紗代の右手を取った。

「ええから、寄って行き。一人で退屈してたんや」

男はぐいぐいとお紗代の手を引いて、家の方へと歩き出した。鶏頭の花々は、二人の前を遮ろうともしない。気がつけば、お紗代は広い縁《えん》の側まで連れて来られていた。

閉まっていた筈の板戸が、いつの間にか開いている。障子《しょうじ》が秋の日差しを受けて、柔らかな輝きを放っていた。

お紗代は男と並んで縁先に腰を下ろした。

やや傾き出した日の光の中で、庭一面の鶏頭が秋風に揺れている。本当に燃えてようだった。庭で、お紗代は、見ず知らずの男と肩を並べて座っている男はお紗代のすぐ傍らにいた。少し怖《こわ》い気もしたが、母屋の庭には清造たちがいる。いざとなれば声を上げれば良い。そう思えば気も楽になった。

「なんで、こないにぎょうさん鶏頭を植えてはるの？」

「お母はんが好きやしな。しょうないやろ」

「お母はんて、もしかして、丁子屋の御寮さん？」

驚いて問いかけるお紗代に、男は「せや」と頷く。お紗代は立ち上がると、男の前にぺこりと頭を下げた。

「若旦那さんとも知らずに、失礼しました。うちは、紗代というて……」

「『室藤』の嬢《とう》はんやろ」

男はお紗代の胸元を指差した。

「『室藤』の印半纏《しるしばんてん》着てたら、すぐに分かるわ。若い娘の着るもんと違うやろ」

男はクスクスと笑った。どんなに今風の小袖を着ていても、藍《あい》の地に「室藤」の白抜きの半纏では色気などあろう筈もない。

「そないかしこまらんでもええ。とにかく、ここへ座りよし」

若旦那はお紗代を再び自分の隣に座らせると、視線を庭に戻した。

「まるで赤い波が押し寄せて来るようや」

「ほんまに、溺《おぼ》れそうどすな」

秋風はどこか悲しさを含んで、お紗代の頬を撫でて行く。韓藍は波立ち、その中から、無数の蜻蛉が生まれ出ている。

お紗代は若旦那の顔をしっかりと見たくなった。ただ色の白い、唇の赤い男という印象しかない。目はどんなだったか、鼻の形は？　顔立ちは……。気になればなるほど、まともに見られなくなる。

「明日も来てくれるか？」

若旦那がぽつりと言った。

「ずっとここに一人でいてるんは、寂しいんや」

（さっきは退屈やて言うてはったのに）

寂しい、というのが本音のようだ。

「庭仕事が終わるまでは、お時さんの所にいてますさかい」

お紗代は腰を上げると、思い切って若旦那の顔を見た。切れ長の目が、お紗代を見上げている。西側に母屋があるので、離れ屋の庭も縁の辺りもすでに陰《かげ》り始めていた。

急に吹き寄せる風が冷たく感じられた。先ほどまでの暖かさは、もはや微塵《みじん》もない。

その中に一人残される男の身を思うと、お紗代はなんとなくこの場を去りがたくなった。

「寂しいんやったら、若旦那さんも、丁子屋へ帰らはったらどうどす?」

と、お紗代は言った。

「何も一人でこないな所にいてはらんでも、ええんと違います? 帰れへん事情があるんやったら、お時さんの家に行かはったら……」

今、お時の家は庭師が四人もいて賑《にぎ》やかだ。

「わては、ここからは出て行けへん」

若旦那は小さくかぶりを振った。

「ここにおらな、あかんのや」

その言葉に、お紗代は戸惑《とまど》いを覚えた。

「それが、お母はんの望みやさかい」

若旦那は草履を脱いで縁に上がる。

「ほな、またな。気ぃつけて帰りや」

そう言うと、男は障子の向こうへ消えてしまった。

木戸を出たお紗代は、茫然《ぼうぜん》とした。

いつしか日はすっかり落ち、辺りは暗くなっている。月はないので星を頼りに歩くしかないが、洛中とは違って、町屋の明かりもなければ人もいない田舎道は、心底恐ろしかった。

糺の森が黒く大きく、なんだか化け物じみて見えた。足元の草むらから、何かが飛び出しそうな気がして、一歩踏み出すのも躊躇《ためら》われた。それでも、お時の家の辺りに揺れる燈火《とうか》を目指して、お紗代は懸命に歩いた。

天には星が怖いほどの数で瞬《またた》いていた。こんな野っぱらの真ん中に、たった一人でいると、まるで、この世に自分しかいないのではないかという気がして来る。そう思うと、怖いというよりも、ただただ寂しい。

（若旦那は、なんで、一人であの家にいてはるんやろ）

何かの罰《ばつ》で、御寮さんに離れ屋に閉じ込められているのだろうか。

そんなことをあれこれ考えていると、お時の家の前に着いた。門の前に提灯《ちょうちん》が見える。怒った清造の顔が、ほの暗い明かりに照らされて、まるで地獄の閻魔《えんま》のようだった。

「どこにいてたんやっ」

厳しい声で清造は言った。その声に、お時が飛び出して来た。

「嬢《とう》はんが戻って来《き》はらへんさかい、案じてましたんやで」

「すんまへん」

お紗代は頭を下げる。そこへ、源治を始め、孝太や庄吉も顔を出した。

皆、一様に安堵の表情をしている。お紗代は何度も何度も頭を下げた。

「この辺りの風景が物珍しゅうて。ついあちこち歩き回ってしもうたんや」

お紗代は咄嗟に嘘をついた。離れ屋には入るなと、お時からは言われている。

「無事に戻ったんやから、もうええやろ」

やがて清造が言った。一番心配していたのは清造なのだ、とお紗代は改めて思った。本当に怒ると、清造は口数が少なくなる。

「ほんまに堪忍して。今度から気をつけるさかい」

お紗代は再び頭を下げる。気がつくと、源治が無言で自分を見ていた。

その夜、風呂の焚口《たきぐち》で火の番をしているお紗代に、源治が声をかけて来た。

風呂場からは、時折、庄吉や孝太の笑い声が聞こえる。ふざけて湯の掛け合いでもやっているようだ。

「清さんは？」

清造と源治は先に風呂を済ませていた。

「休んではる。お紗代ちゃんを捜していて疲れはったんやろ」

それから、源治はおもむろに経緯《いきさつ》を話し始めた。

帰り支度をした時、寮にお紗代の姿はなかった。先に戻ったのだろうと思ったが、お時の家にもいない。それから暗くなるまで、皆は辺りを捜し回った。

「まさかとは思うたが、清さんもわても、糺の森まで行ってみたわ」

幾らなんでも、女一人で昼でも暗い森へ行く筈はない。そう思ったが、お時の「悪い狐にでも化《ば》かされたんやないやろか」の一言で、行かざるをえなくなったのだ。

「狐やなんて」お紗代は吹き出しそうになって、すぐに口を押さえた。

「笑いごとやない」と、源治に叱られそうだった。お紗代には狐絡《がら》みの前科がある。それを源治は知っている。

源治は焚口に近づくと、側にあった小枝を数本取り、ぱきっと折って火の中に放り込んだ。一瞬、火の粉が散り、炎が燃え上がった。

「それで、幽霊には会えたんか？」

お紗代の胸がどきりとした。やはり、源治には嘘は通じない。

「夕べ、あの離れ屋のことを言うてたさかい、もしかしたら、て……」

お紗代を捜すなら離れ屋に行くべきや、と、源治はすぐに思った。

しかし、お紗代が許しも得ずに離れ屋に入ったとなれば、室藤はもとより、空木屋にとっても良い話にはならない。

そう考えて、源治はお紗代を捜すのに必死な清造を、止めることはしなかったのだ。

「どうしても離れ屋の庭が見とうて、それで、入り口を探したんや。木戸は東側の櫟の側にあった。丁度、お時さんがその木戸から出て来るのが見えて……」

「木戸には錠前が付いてるやろ」

「鍵は掛かってへんかった」

「お時さんが、掛けるのを忘れたんやろか」

「分からへん」と、お紗代はかぶりを振ってから、再び源治を見た。

「あの離れ屋のこと、何か知ってはるんやったら、教えて」

丁子屋の庭の世話は、当初から空木屋が請け負っている。知らぬ筈はないように思えた。

「詳しいことは分からんのや。ただ、わてが子供の頃、空木屋の職人から聞いた話や。丁字屋の離れ屋に病気の子供がいてる、て……」

――せやけどな、その子のことは誰も知らんのや。まるで幽霊みたいやろ――

「それで、子供の幽霊が住んでるて言うたの？」

「そう言うたら、お紗代ちゃんも近づかんのやないか、て……」

源治は一瞬、いたずらっ子の顔になる。

「あほらし。うちが、そないな話、信じるとでも思うたん」

お紗代はわざと怒ってみせる。

「あの後、親父の仕事を手伝うようになって、何度か下鴨の寮へ来たんやけど、その頃にはもう、離れ屋はあの柴垣で遮られとった。御寮さんからも、離れ屋には手を入れんといてくれ、て言われてなあ。親父も向こうの庭がどないなっとるか知らんやろう」

「東側の木戸のことは？」

「知っとる。わても探したことがあるんや。しっかり錠が掛かっていて開けられんようになってたわ」

だが、木戸は開いた。そこには韓藍の庭があり、確かに子供はいたのだ。

「病気の子供は、どないなったんやろ」

お紗代には、それが気がかりだった。

「さあな」と源治は首を傾《かし》げた。

「いずれにしても、葬式を出したて話は聞いてへん。病も治って、今頃、元気にしてはんのと違うか」

ならば、あの丁子屋の若旦那が、その子供なのだろうか。

「あの離れ屋に、若旦那さんがいてはったわ」

「若旦那やて？」

源治は呆気《あっけ》にとられた様子で、お紗代を見た。

「そうや。丁子屋の若旦那や。病気の子供て、その若旦那のことやないやろか」

「三年前に大旦那さんが亡《の》うなって、息子に代替わりしたのは聞いとる。岩松《いわまつ》て名前やったな。けど、京にはいてへん筈や」

「主人がお店にいてへんの？」

「丁子屋は清《しん》国や朝鮮から薬種を買《こ》うてる。岩松さんは、大坂か長崎の出店《でみせ》にいてはるそうや」

「ほな、京の店は？」

「御寮さんが仕切っとる」

「せやけど、あれは若旦那さんみたいやった。御寮さんのことを、お母はんて言うてたし。お時さんが世話をしてはるようや」

「丁字屋の息子は一人だけや。もしかしたら、訳有り、てやつかも知れんな。京にいてへんことにして、身を隠しとる。何かまずいことでもやらかしたんやろ。出店て言うたかて、しっかりした番頭がおればええ。お飾りの主人やったら、おらんかて困らへん」

「まずいことって……」

「女絡《がら》みか博打《ばくち》か、喧嘩《けんか》沙汰《ざた》でも起こしたか。どっちにしても、お紗代ちゃんが関わることやない。もう離れ屋には近づかんこっちゃ。それとも、その男のことが気になるんか」

「そんなんやない」

お紗代は強い口ぶりで否定した。

源治の目は、お紗代の胸の内を見透かそうとでもするようだ。

――明日も来てくれるか。一人でいてるんは寂しいんや――

すがるように自分に向けられた男の眼差しが、お紗代の心をつかんで離さない。細面《ほそおもて》の顔、切れ長の目、通った鼻筋、白すぎる肌に赤い唇……。不思議なことに、今になってその秀麗《しゅうれい》な容貌《ようぼう》が鮮《あざ》やかな絵のように形を成して来る。

心が震えているのが分かった。その震えを、自分で止められないのが、お紗代にはただもどかしかった。


翌日の朝、仕事に取りかかる前に、清造は皆を集めてこう言った。

「丁子屋さんの方は、どうでもあと二日で仕事を終えて欲しいそうや」

清造の顔にも焦《あせ》りが浮かんでいる。丁子屋が急ぐのには理由があった。なんでも近々法要《ほうよう》があり、この寮を客の接待に使うのだと言う。

丸二日、五人で暗くなるまで働いた。お紗代には、もはや離れ屋を訪ねる暇などなかった。木端《こっぱ》集めの手を止めて、離れ屋との境の柴垣に目をやることもあったが、今はそれどころではない、と思い直して、ひたすら仕事に没頭した。

二日目の夕暮れ、ついに仕事は終わった。庭にはまるで生まれ変わったような清々《すがすが》しさが漂っていた。新しく植え替えられた小菊の苗が、濃い緑の葉を秋風にそよがせている。

枝を折られ、無様《ぶざま》だった松も、一回り小ぶりにはなったが、姿良く整えられていた。

夜、お時の家には、丁子屋から酒や料理が届いた。家を貸した労《ねぎら》いからか、お時の家人《かじん》の分も用意されていて、一同、顔をそろえての、ちょっとした宴《うたげ》になった。昼間の疲れもあり、明日は室藤に戻れるとあって、宴が終わると皆はすぐに寝入ってしまった。

離れ屋の若旦那のことが気にかかってはいたが、他人の家での気遣いもこれで終わりかと思うと、すっかり気が抜けたのか、お紗代も寝床に入るとすぐに眠ってしまった。

（若旦那には、明日の朝、挨拶に行こう）

そんなことを考えながら……。

それは深夜を回った頃だったろうか。お紗代は、夢の中で誰かに呼ばれたような気がして目を開けた。

(うちを、呼んではる……)

あれは、あれは……。

(岩松さんが、うちを捜してはる)

行かなくては、と咄嗟に思った。

お紗代は起き上がると、急いで小袖を羽織った。

裏の木戸から外へ出た。新月を前にして月は糸のように細い。雲がないので、星々の明かりで、足元もさほど暗くはなかった。

(岩松さんが、うちを待ってはる)

妙に確信めいた思いに突き動かされて、いつしかお紗代は駆け出していた。

お紗代は夜の怖さも忘れて畦道を駆け抜けると、離れ屋の木戸の所へやって来た。

錠前に手を掛けようとした時、鍵がガチャリと外れた。不審に思う暇もなく、扉は自然に開いた。まるで、お紗代を待っていたかのようだった。

中へ入ると、目の前を遮っていた鶏頭が自然に左右に分かれた。そのまま進んで行くと、たちまち離れ屋の縁先に出た。深夜だというのに板戸が開けてある。障子の向こうに行灯《あんどん》の明かりが見え、人影が動いているのが見えた。影の形から女のようだった。

　声をかけるのを躊躇っていると、「お紗代ちゃん」と、囁《ささや》く声がすぐ側で聞こえた。見ると、若旦那が立っている。若旦那は右手の人差し指を自分の唇に当て、小声で「しっ」と言った。

　それから、初めて会った時のようにお紗代の手を取ると、鶏頭の中を歩き出した。庭の隅の柿の木の側まで来ると、若旦那はその場に腰を下ろした。お紗代も鶏頭に埋もれるように並んで座った。

「来てくれへんかと思うた」

「もしかして、うちのこと、待ってはったん？」

「ああ、待ってた。どうしても会いとうてな」

　若旦那はそう言って、安心したように笑った。

「堪忍え。今日中に庭仕事を終わらさなあかんかったんや」

「それやったら、もう、ここには用はあらへんのやなあ」

　若旦那の声はどこか寂しそうだ。

「明日の朝、皆と一緒に帰るんや」

お紗代の声も自然と低くなる。

その時、鶏頭越しに離れ屋の障子が開いて、中から一人の女が現れた。女は縁先に立つと、悲しげな声で言った。

「市《いち》や。市松《いちまつ》……」

女は何度も、「市松」という名前を呼んでいる。その声を聞いていると、なんだか胸が引き裂《さ》かれるようで、お紗代の胸が苦しくなった。

「市よう……。市松よう……」

女は泣いているようだ。

やがて諦《あきら》めたのか、女は呼ぶのをやめて、放心したようにその場に座り込んでしまった。

「毎年、今頃になると、お母はんはここに一人で来て、ああやって『市松』て呼ぶんや」

「市松て誰なん。岩松さんの知っている人？」

「いわ……まつ……」

独り言のように呟《つぶや》くと、若旦那はお紗代の顔をじっと見つめた。

「あんたは、丁子屋の若主人の岩松さんやろ？」

若旦那はしばらくの間、お紗代の顔を見ていてが、やがて静かな口ぶりでこう言った。

「わてが市松や。十一歳で死んだ、あの人の子供や」

お紗代は思わず声を上げそうになり、慌てて声音を落とす。

「なんで、そないに酷い嘘をつかはるの？　あんたは岩松さんやろ。丁子屋の若旦那の岩松さんやないの」

「岩松は一つ下の弟や。わては生まれた時から身体が弱かった。せやさかい、ずっとこの寮の離れ屋で療養《りようよう》しとったんや」

頭が混乱した。寮の離れ屋に病気の子供がいたことは、確かに源治の口から聞いている。

お紗代は若旦那にすがり付いた。

「ほんまは岩松さんなんやろ。うちをからこうてはるんやろ。せやなかったら、あんたは、幽霊てことになるえ」

若旦那は、「わからん」と悲しげな顔になってかぶりを振った。

「幽霊がどんなもんなんか、わてには分からん。ただ、わてはこの庭におる。この庭からは出て行かれへん」

「何を夢みたいなことを……」

お紗代は叱りつけた。

「しっかりしいや。あんたは、ちゃんとうちの前にいてる。こうして……」

お紗代は両手で若旦那の頬を挟むと、顔をさらに近づけた。

「触れることかてできる」

お紗代は男の首に両腕を巻き付けた。

「ほら、身体かて温《ぬく》い」

ふいに若旦那の両腕が動いて、お紗代の身体を抱きしめていた。

お紗代の胸の動悸《どうき》が激しくなった。

韓藍の海に溺れて、このまま沈んで行きたいと思った。男が何者であってもかまわない。ただ、このまま、ずっと……。

そのまま二人は抱き合っていた。互いの頬を押し付けていると、お紗代の目に涙が溢《あふ》れて来た。

まるで人形でも抱いているようだった。人の形をし、人の温もりを持ち、人の声で言葉を話す……。男の心の臓も、お紗代と同じようにだんだん速くなっているのに……。

だが、何かが違っていた。

「この庭の鶏頭が、わてに命を与えているんや。せやから、わてはこの庭の中でしか生きられへん」

韓藍はその命の炎で市松の魂を捕え、庭に閉じ込めてしまった。

「それが、お母はんの願いやったさかいな」

生まれながらに身体の弱かった息子のために、多紀は庭に鶏頭を植えた。その花の赤さと力強さが、幼子《おさなご》に命を分け与えてくれるような気がしたからだ。最初、一群れだった鶏頭は、たちまち庭を覆《おお》い尽くした。

母の想いは、息子をなんとしてでもこの世に留めようという執念となり、それが市松をこの庭に封じ込めてしまったのだろうか……。

「ここは牢獄《ろうごく》や」

市松は縁先に座り続ける母親に目を向けた。

「わてはここにいるのに、あの人には分からへん。わては、お母はんの嘆き悲しむ姿を、ただ見ていることしかできんのや」

それが辛い、と市松は言った。

「なんで、うちには市松さんが見えるん？」

お紗代は身体を離すと、改めて市松の顔を見た。市松は羽織の袖でお紗代の頬の涙を拭《ぬぐ》ってくれる。

「願いが通じたんやろな」

市松はかすかに笑った。

「わては、誰かに見つけて貰いたかったんや」

——きっきり舞《も》うてこう——

あの子供は、そう言ってお紗代を誘った。そうして、鬼となったお紗代は、市松を捕まえた。いや、捕まったのは、お紗代の方だ。

(木戸の鍵は、最初から開いていた)

お時が鍵を掛けるのを忘れる筈はなかった。

「お紗代ちゃんに頼みがある」

その時、市松が真剣な声で言った。

「この庭の鶏頭を、一本残らず抜いて欲しいんや」

驚いたお紗代は、強くかぶりを振った。

「ここは、御寮さんの大切にしてはる庭や。そないなこと、うちにはとても……」

「お母はんは、もうわてのことを忘れなあかん。せやないと、お母はんにとっても、岩松にとっても、ええことにはならん。わてのためや思うて、やって欲しい」

お紗代は不安になった。市松は、お紗代と共にいられるのは、庭の鶏頭が生かしているからだと言った。ならば、その鶏頭がなくなったら？

「いやや」とお紗代はきっぱりと断った。多紀のためではなく、自分のために、お紗代は市松を失いたくはなかった。

「頼む、お紗代ちゃん。わての一番大切な宝物をあげるさかい……」

たからもの……。お紗代は呆れた。あまりにも子供じみた言葉だったからだ。

（まだ、子供なのだ）と改めて思った。今、目の前にいるのは、お紗代の気を引くために大人の姿で現れただけの、ほんの十一歳の子供なのだ。

市松が憐《あわ》れだった。

「この柿の木の根元に、わての宝もんを埋めてあるんや。それを、お紗代ちゃんにあげるさかいに、な」

お紗代の顔を覗き込むようにして、市松はなおも懇願《こんがん》する。

承知するしか仕方がなかった。市松を見つけたのは、お紗代なのだ。他の誰でもない。

「あんたの気がそれで済むんやったら……。この庭を離れて、好きな所へ行けるんやったら、それが、あんたの望みなら、うちが叶《かな》えてあげる」

「嬉《うれ》しいなあ」、と市松は子供の顔で笑った。

やがて、多紀は諦めたように座敷に戻って行った。板戸が閉まり、多紀もやっと眠りについたようだ。

お紗代は傍らで揺れていた鶏頭の茎をつかんだ。やや躊躇ってから、それを力任せに引き抜いた。勢い良く抜いたので、根元の土が顔にぱらぱらと降りかかる。

(花が怒ってる)

そう思った。

一切考えるのをやめて、ただひたすら、お紗代は鶏頭を抜いた。両手でつかめるだけ握りしめると、力一杯引き抜いて行く。地面を這《は》うようにして、それを何度も何度も繰り返した。

どれほど時間が経ったのだろうか。辺りには霧が立ち込め、空気の冷たさに身体がぞくりと震えた。お紗代はその場に座り込むと、両腕で自分の身体を抱え込んだ。

その瞬間、ふいに背後から抱きしめられた。すぐに市松だと分かった。

「おおきに、お紗代ちゃん……」

耳元で囁いた声が、ひどく遠くに聞こえた。

鶏頭を引き抜く度に、市松の気配が薄れて行くのが分かった。だから、何も考えないようにして、お紗代は必死で腕や身体を動かしていたのだ。

そうして、ついに市松の気配は消え、残っているのは市松の着ていた羽織だけだった。

夜が明け、朝霧の中に現れたのは、無残に荒らされた庭だった。庭を美麗《びれい》に仕立て上げ、それを守るのが庭師の仕事だというのに……。

本当に市松はいたのだろうか。あれはただの夢ではなかったのだろうか。胸の内で何度も問いかけてみる。

だが、お紗代の腕の中には、光琳松の長羽織があった。胸が押し潰《つぶ》されそうになり、お紗代は、市松の羽織をしっかりと抱え込んだ。

涙が溢れて止まらなかった。市松はもういない。二度とお紗代の前に現れることはない。

何度も自分に言い聞かせながら、お紗代は泣き続けていた。

「あんた、そこで何をしてるんやっ」

突然、甲高《かんだか》い声が響いた。

視線を上げると、怒りに顔を引《ひ》き攣《つ》らせた女が目の前にいた。「丁子屋」の多紀だった。

「大事な庭をこないにして、あんた、いったい、どこの誰やっ」

多紀は再び怒声を上げると、お紗代の腕をつかんだ。

「この羽織は、どこから取って来たんや？」

多紀はお紗代の手から、市松の羽織を奪い取る。

「長持《ながもち》の中に仕舞っておいたのに、なんで、ここにあるんや」

多紀はお紗代を地面の上に引き倒した。

「なんとか言うたら、どうえ」

土に塗《まみ》れながら、お紗代はただ身を小さくしているしかなかった。多紀の怒りは激しく、すぐには収まりそうもない。

「うちの話を聞いておくれやす」

ついにお紗代は顔を上げると、きっぱりと言った。

「これは、うちが市松さんに頼まれた仕事どす。うちかて庭師の娘や。頼まれもせんのに、他所の庭に手を入れたりはせえしまへん」

「この娘《こ》は……」

一瞬、多紀は呆れたように目を瞠ると、さらに声を荒らげた。

「ここに『市松』てもんはいてしまへん。ようもそんな大嘘を……」

「嘘やあらへん。市松さんは、岩松さんの兄さんどすやろ」

一瞬、多紀の全身が凍り付いたように見えた。その顔が般若《はんにゃ》と見まがう形相《ぎょうそう》に変わる。多紀の片手が大きく振り上げられ、お紗代が思わず両目を閉じた時だ。

「お母はん、ええ加減にせえっ」

男の声が聞こえた。そっと目を開けると、一人の男が多紀の腕をつかんでいる。

「あんた、岩松……」

多紀が大きく息を呑むのが分かった。

「この庭の鶏頭を抜くよう、頼んだのはこのわてや」

岩松は多紀を宥《なだ》めるように言った。

「文句があるんやったら、わてに言うたらええ。この娘はなんも悪いことはしてへん」

岩松はそう言って、お紗代に向かってにこりと笑った。その顔が驚くほど、市松に似ている。ただ、市松よりも日に焼けて、身体つきもがっしりしていた。

「あんた、うちに黙って、ようもそない勝手なことを……」

多紀の怒りが岩松に向けられる。

「お母はん、もう丁字屋へ戻らはったらどうえ。表で番頭さんも待ってるんや。明日はお祖父《じい》はんの法要やろ。お母はんがいてへんことには、支度もできひん。ここはわてがあんじょうするさかい」

岩松の言葉に多紀は黙り込んだ。さらに岩松はこう言った。

「表向きは、お祖父はんやけど、ほんまは市松のための法要やろ」

多紀は辛そうに顔を歪《ゆが》めると、岩松にくるりと背を向けた。

「丁字屋の主人は、あんさんや。後のことは任せます」

多紀はその言葉を残して立ち去って行った。

母親の姿が見えなくなると、岩松は地面に座り込んでいるお紗代を助け起こした。

「すまなんだな。怖かったやろ」

お紗代は安堵した。そのせいか、再び涙が零《こぼ》れそうになる。

岩松は、お紗代に縁先に座るように言った。

少し落ち着いて来ると、離れ屋の庭を眺める余裕が出て来た。鶏頭は一掃《いっそう》され、所々に雑草を残すだけの、ただの荒れ地に変わっていた。もう茜色の蜻蛉の姿もない。

「それにしても、思い切りやってくれはったなあ」

荒れた庭に目をやって、岩松は何がおかしいのか小さく笑った。

「さっきは、おおきに。助けてもろうて」

お紗代は岩松に礼を言った。

「かまへん。今朝方《けさがた》、長崎から京に着いたばかりや。家で休むつもりやったんやけど、なんや、えろう胸騒ぎがしてな。ここへ来なならんような気がして……」

一旦、言葉を切ると、視線を庭に向ける。

「ほんまは、わての手でここの鶏頭を全部抜いてしまいたかったんや」

どこか怒りの籠《こも》った声だ。

「あんた、お母はんに、市松に頼まれたて言うてたな」

躊躇いながら、お紗代は小さく頷いた。岩松にまで、嘘つきと思われるのは辛かった。

「まあ、ええわ」と、岩松は大きく背伸びをする。

「なんで市松の話を持ち出したんかは知らんけど、この庭からあの鬱陶《うっとう》しい花が無《の》うなってくれて、せいせいしたわ」

「鶏頭が嫌いなんどすか？」

「当たり前や」と、岩松は吐き捨てるように言った。

「あんな野っぱらに生えてるようなしょうもない草花を、お母はんは、まるで市松の分身みたいに大切にしてたんや。死んだ奴が何をしてくれる？　店を継いでくれるんか。面倒を見てくれるんか」

「市松さんを、嫌ってはったんどすか」

岩松の言葉には市松への憎しみがある。お紗代はそれが悲しかった。

「兄弟やいうても、ほとんど一緒に暮したことはない。市松は、ずっと母と二人でこの寮にいた。わては乳母《うば》に預けられて、母親てもんがどないなもんか、知らずに育ったんや」

それから、岩松はぽつりぽつりと話し始めた。

「家が薬屋やったさかいな。病気の子供がいては体裁が悪かったんや」

――どうせ長《なご》うは生きられんのや。最初からおらん思うた方が諦めもつく――

先々代の松之助は、市松の存在を世間から隠そうとした。

「そないに酷い扱いを受けてるのんを見たら、誰かて不憫《ふびん》やて思います。まして、母親やったら、どないに辛いか……」

「身体が丈夫なだけでも、幸せに思わなあかん。周りからはいつもそう言われたわ」

どこか暗い目で、岩松はお紗代を見た。

「せやけどな、幾ら元気でも、母親は恋しいんや。お母はんは市松にかかりきりで、わてのことは放ったらかしやった」

多紀は、市松がこの離れ屋で療養するようになると、庭に鶏頭を植え始めた。

――この花は命の花や。鶏頭で一杯にしたら、市松はきっと元気になる――

「わては、ある日、庭の鶏頭を片っ端から引っこ抜いてやった」

――ここの鶏頭は市松の命そのものや。お前は市松の命を奪う気か――

そう言って、多紀は岩松を責めた。

「子供のするこっちゃ。お母はんを取られっぱなしで、ただ腹が立った。それだけやったのに……。それから何日もせんうちに、ほんまに市松は死んでしもうた」

高熱が続いた三日後、市松は息を引き取った。

「市松が亡《の》うなった時、お母はんはわてにこう言うた。『お前が、市松を殺したんや』て」

本心ではあるまい、に……。お紗代の胸が熱くなった。子を失った母親が、悲しみのあまり、怒りの矛先《ほこさき》をもう一人の我が子に向けてしまった。言葉は刃《やいば》となって岩松を切り裂き、多紀の心をも、さらに深く傷つけたのだ。

そんなことは、市松は決して望んではいなかった筈だ。

「母はわてを憎んどる。せやさかい、わては京にはおりとうない。親父が生きている内から、大坂や長崎に行って、こっちには近づかんようにしとった」

岩松は改めてお紗代に顔を向けた。

「あんたには感謝しとる。何で庭を荒らしたんかは知らんけど、ようこの庭から鶏頭を取り払《はろ》うてくれた」

この時、お紗代は、市松が何を願い、何を望んだのか分かった気がした。

一番辛かったのは、市松だった。岩松から母親を奪った上に、自分のために二人が仲たがいしてしまった。それが、市松の心残りだったのだ。

岩松はじっとお紗代の顔を見つめていたが、やがて怪訝そうにこう言った。

「あんた、ほんまに、ここで市松を見たんか?」

「初めは十歳くらいの子供の姿やった。それが、若い男の人の姿になって現れて。その時、あの光琳松の長羽織を着てはりました」

「あれは、母が、市松が大人になった時に着せるつもりで縫ったもんなんや」

松の葉は年中枯れることなく、永久《とこしえ》に瑞々《みずみず》しい葉色を保ち続ける。息子の長寿をひたすら願う母の祈りが、あの羽織の柄には込められていたのだ。そうでなければ、本来なら女物の小袖に仕立てる光琳松柄を選んだりはしないだろう。

「頼みがおます」

お紗代は岩松に懇願《こんがん》した。

「市松さんが、うちに一番大切な宝物をくれるて言うたんどす」

「市松の宝物？」

岩松にも、何のことか分からないようだ。

「あの柿の木の根元に埋めてあるんやそうどす」

岩松は一瞬、戸惑いを見せたが、すぐに柿の木に向かって歩き出した。

岩松は両手で根元の土を掘り返した。間もなく土の中から現れたのは、丁寧《ていねい》に油紙に包まれた桐の小箱だった。中には独楽《こま》が一つ入っていた。

「これは、わてが市松にやったものや」

岩松は驚いたように、お紗代を振り返った。

「わては一度も市松と遊んだことがなかった。早《はよ》う元気になって、一緒に独楽を回そう。鶏頭を抜いた詫びに、わては自分の独楽を市松にやったんや」

岩松は肩を落とした。市松とは違って、広い肩だ。その肩が小刻みに震えている。

「そうか、これが、兄さんの宝もんか……」

お紗代は目を閉じた。瞼《まぶた》の裏に韓藍が広がっていた。そこは庭などではなく、広い広い野原であった。鶏頭の花が炎の形をして揺れ、茜色の蜻蛉が幾つも幾つも生まれている。

――きっきり舞《も》うて来い。きっきり舞うて、こう――

燃える野を、一人の子供が走って行く。

(うち、市松さんの本当の宝物が分かったわ)

いつも一人で独楽を回していた男の子。お信乃の具合が悪い時、お紗代はよく母方の実家のある二条新町の家に預けられていた。

「独楽回しのいっちゃん」と、薬師堂で遊ぶ子供たちは、その子のことを呼んでいた。

ある時から、いっちゃんは薬師堂には現れなくなった。大きな商家の跡取り息子で、大坂の家に行ったのだと、お紗代は近所の子供から聞かされた。

（いっちゃんは、岩松という名前やったんや）

お紗代は目を開いた。孤独に耐えるように、ひたすら独楽を回していた男の子が、今、目の前にいた。

「その独楽、うちにくれるやろ」

お紗代が言うと、岩松は涙に濡《ぬ》れた顔で頷いた。

椿

森山茂里

一

――とっても可愛い、やんちゃなあやかしだったのよ。

白児《しらちご》の思い出話をするとき、祖母はいつも柔和《にゅうわ》な微笑を浮かべた。

祖母の前に白児が現れたのは、祖母が十三歳のときだった。

――年齢は五百五十三歳とか言ってたわ。でも、見た目は五、六歳の童子《どうじ》と変わらなかった。

耳の脇で束ねた髪を輪のようにして角髪《みずら》という古風な髪型に結って、白い水干狩《すいかんかり》衣《ぎぬ》姿。昔の絵物語に出てくるお公家《くげ》さんの子弟みたいだったわね。

そばに白児がいると、見慣れた周りの物や景色がそれまでとはまるで違って見えるの。家の暗がりに潜《ひそ》んでいた小さな魍魎《もうりょう》や、庭の木の葉陰に隠れていた小鬼たちが出てきて、白児と一緒に遊んだり騒いだり。

恐くなかった？

――いいえ、ちっとも。白児と仲良しのあやかしたちは、人に害をなしたりしないの。もっとも鳴屋《やなり》が騒いで家をがたがた揺らしたり、白児が屏風《びょうぶ》の画《え》から龍を出したときは、そりゃあ家の者たちも仰天《ぎょうてん》したわ。でも、鳴屋は地震で、龍は目の錯覚ということで収まったわ。

お祖母《ばあ》さまの他には、誰も白児があやかしだとは気づかなかったのね？

――そうよ、近所の人には京から来た神主《かんぬし》さんのお弟子さんを預かったと言ってたの。

いつか、わたしも白児に会えるかしら？

――もちろんよ、お前はこの春木屋《はるきや》の跡取り娘だもの。

祖母はうなずくと、庭の椿の古木《こぼく》に目をやった。

――お前もよく知っているでしょう。あの椿の木は春木屋の守り神なのよ。お前が生まれたとき、白い椿の花が一夜にして桃色に変わったわ。わたしが生まれたときもそうだった。椿の霊がお前を春木屋の跡取りと認めた証《あかし》だったのよ。

お祖母さまは椿の霊を見たことがあるの？

孫娘の問いに、祖母はうなずいた。

――それはそれは美しいお姫さまでしたよ。椿の模様の打掛《うちかけ》を着て、長い髪を背中に垂らしてね。白児の師匠《ししょう》の犬神《いぬがみ》さまは椿の霊と仲良しなの。お前がいい子にして、椿の木を大切にしていれば、きっと白児はやってきますよ。

祖母はそう言って、いとおしそうにお香《こう》の髪を撫《な》でた。

その祖母が亡くなって五年が過ぎた。

お香は十五歳になっていた。

今でも目をつむれば、優しい祖母の顔が瞼《まぶた》の裏に浮かんでくる。

「えーっ、お香ったら、まだそんな話を信じているの？」

お琴の稽古《けいこ》の帰り、仲のいい稽古仲間と三人で寄った茶屋でのことだった。

話の流れで亡くなった祖母の話をしたら、稽古仲間のお栄《えい》が呆《あき》れ返った顔になった。

「ええ、もちろんよ」

「やだー、あやかしなんているはずないじゃない」

「お祖母さまは嘘をつくような人じゃないわ」

お香はむっとした。

「あのね、お香。お祖母さまは孫を喜ばせようとして作り話をしただけよ」

いい年齢《とし》をして、それくらいのこともわからないの、と馬鹿にしたような口ぶりだ。

「ねえねえ、それより、今度、芝居を見に行かない？　中村座《なかむらざ》で新作がかかっているの。中村千之丞《せんのじょう》という役者が出ていてね。有望な若手よ」

もう一人の稽古仲間のお福《ふく》が話題を変えた。

「あ、知ってる。千之丞って素敵ね。眼元がきりっとしていて、色白で、声に張りがあって。この前、堺町《さかいちょう》に行ったとき、役者絵を五枚も買っちゃった」

すぐに芝居の話になった。さっきまでのあやかしの話はきれいに忘れている。

「わあ、いいな」

「見せてあげる。次のお稽古日に持ってくるわ」

「きゃー、嬉《うれ》しい」

役者の話で盛り上がる二人を残して、お香は茶代を払って、床机《しょうぎ》を立った。

誰も信じてくれないんだから――。

子供の頃はあやかしの話を聞いてくれた友達も何人かいたが、今では誰も興味を示さない。役者や着物や習い事の話題ばかり……。

小さくため息をもらした。

お祖母さまとの大切な思い出を軽率《けいそつ》に話すんじゃなかった。

そのとき、声をかけられた。

「お香どのではありませんか」

声のするほうを見ると、若い武士がこちらに歩いてきていた。槍組同心《やりぐみどうしん》の椿《つばき》亮太《りょうた》だ。

「亮太さま」

「先日、借りた本を返しに春木屋に行くところでした」

亮太が小脇に抱えた風呂敷包みを示した。

「まあ、もう終えられましたの？」

亮太が書物を借りに来たのは、半月ほど前だった。お香には内容のわからない難しい漢学の書物ばかり十冊はあった。

お香の家は、日本橋《にほんばし》に店を構える老舗《しにせ》の書物問屋《しょもつどんや》春木屋だった。

椿亮太は槍組同心で、勤めのかたわら画を学んでいる。画の師の渡辺崋山《わたなべかざん》が春木屋の顧客《こきゃく》だった縁で、一年ほど前から亮太も春木屋に出入りするようになった。

お香の父で春木屋の主《あるじ》の喜左衛門《きざえもん》は、「椿」という姓と、亮太の真面目《まじめ》で温厚な人柄に好感を抱いて、特別に書物を貸したり、春木屋の座敷で読めるように配慮《はいりょ》していた。

「ええ、すべて読んで、必要な箇所《かしょ》は写しました」

「お勉強熱心なのですね」

「槍組同心の収入では高価な書物を買えません。ご好意で、商売物の書物を貸していただいて感謝しています」

　通りすがりの者が好奇の視線を注いでくる。日本橋の往来で、若い娘と武士が立ち話をしていては、目立つのもやむを得ない。亮太も同じように感じたらしく、歩き出した。

　お香が自然と後について歩く形となった。

「渡辺崋山先生から聞いたのですが、春木屋さんの庭には白い花を咲かせる見事な椿の古木があるそうですね」

　亮太が歩きながら話しかけてきた。

「うちの守り神と言われている椿です。そろそろ咲き始めています」

「わたしは花を描くのが好きです。苗字が椿のせいか、椿の花には特に親しみを覚えます。機会があれば、一度拝見したいものです」

「ええ、ぜひ」

　答えながら、胸の鼓動《こどう》が高鳴るのを感じた。

お祖母さまから聞いた白児の話をしたら、この人はどんな反応をするかしら？
やっぱり、子供相手の作り話と思うかしら。
でも、信じてくれなくても、さっきの稽古仲間のように馬鹿にした言い方はしないわ。
不思議な確信があった。
亮太は春木屋の店先で借りていた書物を返した。
「上がって、お茶でも飲んでいかれては」
お香が勧めたが、亮太は、「これから用事がありますので」と謝辞して帰っていった。

二

その日——。
お香は朝餉《あさげ》を済ませると、庭に出た。
庭掃除《そうじ》は下女がするが、白椿の周りを掃《は》き清めるのはお香の役目だった。
陽射しが暖かく、日一日と春めいてきた。椿の花の蕾も日毎に膨らみ、日当たりのいい上のほうは花を咲かせている。

今年こそ、白児に会えますように。椿の周りをきれいに掃き、いつものようにそばの小さな祠《ほこら》に手を合わせた。

顔を上げると、視界に白い物が飛び込んできた。

椿の幹の陰から、髪を耳の脇で角髪に結った白い水干狩衣姿の五、六歳の童子がひょいと現れた。色白で切れ長の目をした美童《びどう》だ。

白児だわ――。

お香は息が止まりそうになった。

「久しぶりだな、お容《よう》」

「わたしはお香。お容はお祖母さまよ、五年前に亡くなったわ」

「お容じゃないのか。つまんないの、また一緒に遊ぼうって、約束したのに」

「あなたは白児ね。お祖母さまから聞いているわ。ずっと来るのを待っていたのよ」

嬉しさに胸の高鳴りが聞こえそうだった。

「じゃあ、お前はわれと遊んでくれるのか」

「もちろんよ」

お香が答えていると、庭に面した座敷から母のお祐《ゆう》が声をかけてきた。

「あら、あら、こんなところにいたの」

「おっ母《か》さん、この子は……」

「京からいらした神主さまのお弟子さんで、白児というのよ。神主さまの江戸での御用が済むまでの間、うちで預かることになったの。仲良くしてあげてね」

お祐の後ろから、白い神主の装束《しようぞく》に身を包んだ背の高い老人が現れた。輝くような白髪に鼻梁《びりよう》の高い面長《おもなが》な品の良い顔。引き締まった薄い唇に射るような鋭い目。犬神さまだ。

「こちらは乾《いぬい》さまとおっしゃって、亡くなったお義母さまの古くからのお知り合いだそうよ。乾さま、娘のお香です」

老舗の大店の内儀《ないぎ》らしく、しっかりとした品の良い口調で話した。

「そなたがお容どのの御孫か、お容どのによく似ておられる」

犬神が心の内まで見透かすような目でお香を見ると、微笑した。

祖母のお容は若い頃は美人と評判で、日本橋小町《こまち》と言われていたそうだ。お香が生まれる前に亡くなった祖父はそんな祖母に一目ぼれして、御家人《ごけにん》の家から春木屋に婿養子《むこようし》に入ったという。

年をとってからも、祖母は端整《たんせい》な面差しに優雅《ゆうが》な身のこなしをしていた。商家から嫁いできた母のお祐が、どちらかといえば地味な顔立ちでしっかり者なのとは対照的だった。

「うちの椿が見たいとおっしゃるので、案内したの。お香、お相手をお願いね」

お祐は忙しそうに店のほうに戻っていった。すぐに奥働きの下女が茶菓を運んできた。

白児は菓子鉢に盛られた大きな饅頭《まんじゆう》に目を輝かせた。

「わあーい、美味《お》《い》しそうなお菓子だ。いただきます」

白児が饅頭を頬張《ほおば》っている間に、犬神は庭に下りて椿の古木のもとに行った。

「白妙姫《しろたえひめ》」

椿の木に向かって呼びかけた。

犬神の声に応《こた》えるように、膨らんだ大きな蕾の一つが花弁をほころばせると、見る間に開花した。

後からついてきたお香は目を疑った。

大輪の白椿の花芯《かしん》には小さな人形のような美しい姫君が鎮座《ちんざ》していた。白い打掛の裾《すそ》が広がり、そのまま花びらになっている。

「お久しゅうございます、犬神どの」

鈴を鳴らすような美しい声だ。白妙姫は立ち上がり、ふわりと花の中から出るや、たちまち普通の人の大きさになって地面に降り立った。

白く輝く綾《あや》の打掛には椿の模様が浮かび上がっている。

本当だわ。本当にお祖母さまが話したとおりだわ。

緊張と興奮でどきどきしながら、犬神と椿の霊が話すのを見ていた。犬神との話が一区切りつくと、白妙姫はお香に目を向けた。

濡《ぬ》れた椿の実のような褐色《かっしょく》の眸《ひとみ》に見つめられ、自分の胸の鼓動が白妙姫に聞こえるかと思った。

「わたくしの姿が視《み》えるとは。さすがにお容どのの孫ですね」

「このような娘御《むすめご》がいるなら、安心して白児を預けられる」

犬神は座敷に戻ると、白児に「迎えに来るまで、おとなしくしているのだぞ。この家の者や白妙姫に迷惑をかけないように」と言った。

「はい、お師匠さま」

白児が元気よく答えた。

座敷を後にする前に庭に目をやると、椿の木の下に白妙姫の姿はなかった。

大輪の白椿が咲いていなければ、夢を見ていたのかと思うくらいだった。

お香は白児とともに店先から、母のお祐や店の者と一緒に犬神を見送った。

神主の姿をした犬神の背中が小さくなって雑踏に紛れていく。師匠の姿が見えなくなるのを見届けると、白児が歓声を上げた。

「やったー、これでしばらくお師匠さまにうるさく言われて修行をしないですむぞ」

「わかっていると思うけれど、おっ母さんや店の者にはあやかしとばれないように気をつけてね」

「大丈夫。これまで、人に交じってばれたことはないもの」

煙《けむ》たい師匠と離れた解放感に浮かれたようだ。

庭に面した座敷に戻ると、ぴょんぴょんと飛び跳ねながら、指先で座敷の襖絵《ふすまえ》を撫でて回った。

木々が葉をざわめかせ、花の下に描かれた鈴虫が季節外れに鳴き出した。花のえも言われぬ芳香《ほうこう》が満ちる。

「素敵、お祖母さまの話していたとおりだわ」

お香が興奮して声を上げた。

「では、これはどうだ」

小鳥の画を白児がさっと指で撫でた。たちまち小鳥は襖から出て、さえずりながら二人の頭上を飛び始めた。

「どうだい、われの術は」

呆気《あっけ》にとられているお香に白児が自慢した。

「夢みたい」

「もっと凄《すご》いものを見せてやるぞ」

白児は座敷の床《とこ》の間《ま》の龍を描いた掛け軸のそばに行った。小さな指を画の龍に伸ばす。

「だめよ、それは」

慌《あわ》てて後ろから白児を抱きかかえて、掛け軸から離した。鳥や蝶ならまだしも、龍なんか出されては堪《たま》らない。

「いいじゃないか、ちょっとくらい。龍だって、出たがっているんだ」

「いけません」

そのとき、掛け軸がふわりとめくれて、裏の壁から小さなあやかしが出てきた。赤黒い肌、耳元までありそうな大きな口に、ぎょろりとした赤い目が光っている。

「きゃ……なに」

「魍魎だよ。安心しろ、人に害を及ぼしたりしない。この掛け軸の裏が棲家《すみか》なんだよ」

魍魎は珍しそうに白児とお香を見てから、また掛け軸の裏に姿を消した。

「あら、もう行ってしまうの」

「人見知りなのさ。こいつらの仲間なら他にもいるよ」

白児はそう言って、座敷の隅の暗がりを指差した。別のあやかしが蠢《うごめ》いている。

「この座敷にあやかしがいるなんて、知らなかったわ」

「普段は人の目には見えないだけさ」

「わたしはお香、仲良くしてね」

話しかけると、嬉しそうに、にたにたと笑った。異様な容貌《ようぼう》をしているが、悪いあやかしではなさそうだ。

もっと話そうとしたとき、襖の向こうから人の足音が聞こえてきた。奥働きの下女が客を案内している。

人の気配にあやかしたちは素早く壁の中に消えた。

「こちらでございます」

下女の声がして、襖が開いた。

座敷に出現していた草花や小鳥が元の襖絵に戻った。白児がいなければ、すべて夢だったのかと思うくらいだ。

案内されてきたのは、椿亮太だった。

「亮太さま」

「渡辺崋山先生の使いで来たのです。喜左衛門どのに『ちょうど椿が咲いているので、見ていかれては』と勧められましたので、お言葉に甘えました」

「どうぞ、ご覧になってください」

ちょっとどきどきしながら、亮太を庭に案内した。

「見事な椿の木だ」

亮太は椿の古木のそばに行くと、感嘆のため息をもらした。

「春木屋が店を構えるずっと前からこの土地に生えていたそうです」

もしかして、花の中からさっきのように椿の霊が姿を現すのではないかと思ったが、そんなことはなかった。大輪の花は静かに微笑《ほほえ》みかけるように咲いているだけだった。

「崋山先生のおっしゃっていたとおりだ。なんともいえない気品があります」

「この椿を描きにおいでになったのですか」

「わたしの今のつたない画力では、とてもこの椿の気品は描けません。生涯《しょうがい》をかけて精進《しょうじん》して、この椿を描けるようになりたいものです」

椿の花を見上げて、亮太が言った。

「お前は絵師なのか」

庭にやってきた白児が、亮太に興味を持ったようだ。

「そうだけど」

亮太は初めて白児に気づいて、お香に尋《たず》ねた。

「お香どの、この子は？」

「ええっと……京から来た神主さまのお弟子さんです。うちで預かっているんです」

「だから、そんな古風な形《なり》をしているんだね」

亮太は納得したようにうなずいた。

「われは白児という」

白児が偉そうに名乗った。

「白児、こちらのお武家さまは椿亮太さまとおっしゃるの。御直参《ごじきさん》よ」

お香は急いで紹介した。

「なんだ、絵師ではないのか」

白児がつまらなそうに言った。

「御直参といっても、槍組同心だよ。勤めの合間に画の修業をしている。まだまだ一人前の絵師には程遠いけれどね」

普通の人には生意気な童子にしか見えない白児に対しても、亮太は丁寧《ていねい》に答える。

「どんな画を描くのだ？　われに見せてみろ」

「だめよ、失礼なことを言っては」

窘《たしな》めるお香に、亮太が「いいですよ」と言うと、懐《ふところ》から画帖《がちよう》を出した。

「本物の花や鳥にそっくり」

白児と一緒に画帖を見たお香は目を見張った。鳥や花が、羽や花びらの一枚一枚まで繊細《せんさい》な筆使いで正確に描かれている。

「渡辺崋山先生は描く対象をよく観察するように、常々おっしゃるんだ。描く前に、正確に物を見る目を養うように、と」

「渡辺崋山とは、聞いたことのない絵師だな」

首を傾《かし》げる白児に、お香は慌てて説明した。

「渡辺崋山先生はまだお若いけれど、立派な画家でいらっしゃるのよ」

三河国《みかわのくに》田原藩《たはらはん》の江戸詰め藩士の子息で、まだ二十代の後半だが、画業の他に昌平坂学問所《しょうへいざかがくもんじょ》で儒学《じゅがく》を学んだ知識人だと父から聞いている。

「まあ、渡辺崋山とやらの言っていることはもっともだ。自分の画を描けるように修業に打ち込めば、狩野永徳《かのうえいとく》や長谷川等伯《はせがわとうはく》には到底《とうてい》及ばないが、それなりに後世に名を残す絵師になれるぞ」

画帖を捲《めく》りながら白児が言った。

「なんて失礼なことを。申し訳ありません、亮太さま」

「お香がなんで謝るんだ。われは褒《ほ》めてやったのに」

白児がぷんぷん怒った。お香が困っていると、亮太が穏《おだ》やかに言った。

「いいんです。崋山先生にも、もっと精進するように言われるんです。後世に名を残すような絵師になれるとは、光栄だ」

気を悪くしている様子はない。お香はほっとした。

「なかなか、いいやつだな」

亮太が帰ると、白児が言った。

「あなたもそう思う」

「他の連中のように、われを子供扱いしなかった。画もあのまま素直に伸びれば、よい絵師になれるぞ」

白児はそう言うと、魍魎が消えた壁に向かって、「出てきてもいいぞ」と呼びかけた。

白児は春木屋のあやかしたちとすぐに仲良くなった。魍魎や小鬼が、白児と一緒に座敷の中を飛び跳ね始めた。

他にも庭の植木の葉陰や池の畔《ほとり》から小さなあやかしが出てきた。

夕明りの庭に、あやかしたちの影が跳梁《ちょうりょう》する。

三

お香は両親に、白児の世話は自分がすると申し出た。

母のお祐も奉公人たちもそれぞれ仕事で忙しかったので、お香の申し出はすんなり受け入れられた。

両親や奉公人たちの前であやかしの術を使わせないように気をつける他は、白児といるのは楽しかった。

小さな弟ができたみたいだ。

白児もお香に懐《なつ》いた。お香が琴の稽古日に出かけようとすると、白児が「われも行きたい」とねだった。

「琴の稽古なんて、聴いても退屈よ」

と言ったが、白児は「一緒に行きたい」と駄々をこねた。

ここで断って、気分を害した白児を一人残したら、また座敷のあやかしたちを呼び出して騒ぎを起こすかもしれない。

「いいわ。でも、おとなしくしていてね」

「やった――」

白児が喜んで飛び跳ねた。

春木屋を出て、琴の師匠の家のある京橋《きょうばし》まで行く間、通りに沿った店の看板や長暖簾《ながのれん》の陰に小さな魍魎がいるのが目についた。

屋根の上で毛づくろいをしている猫はよく見ると、尻尾《しっぽ》が二股に分かれた猫又《ねこまた》だった。普請《ふしん》している家の隣家の外壁にしがみついて、がたがた揺らしているのは鳴屋だ。

雑踏を歩いている笠をかぶった僧も、よく見れば人ではない。

「あいつは野寺坊《のでらぼう》だ」

「江戸の町にこんなにあやかしがいたなんて初めて知ったわ」

お香が感心したように言った。

「人とあやかしは同じ場所にいても、棲《す》む世界が違うのさ」

白児がもっともらしく言った。

お琴の師匠の家は京橋の通りを一つ入ったところにあった。小体《こてい》な家だが、師匠は御殿奉公《ごてんぼうこう》の経験もあり、日本橋の大店の娘たちが大勢習いに来ていた。

「まあ、可愛い子」

「絵草子《えぞうし》から抜け出したみたい」

琴の師匠も稽古仲間も白児を神主の弟子だと言うと、すんなりと信じた。

娘たちにちやほやしてもらったうえにお菓子をもらって、白児は機嫌よく琴の稽古が終わるのを待っていた。

帰り道に往来を歩いていると、裏店《うらだな》に通じる路地から男の怒鳴り声が聞こえてきた。哀願する女の声もする。

源助店《げんすけだな》と書かれた汚い路地の入口には、人だかりができていた。

「なんだろう」

　白児が駆けていった。

「待って」

　お香も慌てて後を追った。

　ちょうど長屋の路地から、五十年配の大柄な男が、大きな風呂敷包みを手にして出てくるところだった。あばた面《づら》でいかつい顔をして、背後に人相《にんそう》の悪い地廻《じまわ》りらしい男を二人従えている。

「鬼！」

「人でなし」

　長屋のかみさんたちが泣きながら、男の後ろ姿に向かって罵声《ばせい》を浴びせている。

「どうしたんですか？」

　お香はそばにいた近所の商家の女房らしい女に尋ねた。

「見てのとおりだよ。あいつは金次《きんじ》といって、この界隈《かいわい》では悪評の高い金貸しさ。今日も用心棒を連れて借金の取り立てに回ってきたんだよ。借りた金を返せなかった家から、子供の着物まで借金のかたに剥《は》ぎ取っていったんだよ」

「まあ、ひどい」

「それくらい序の口さ。金次の厳しい取り立てに夜逃げしたり、一家心中した家が何軒もあるんだよ。ああいうのを債鬼《さいき》っていうんだ」

女は嫌悪にぶるっと身を震わせた。

債鬼と言ったのが聞こえたのか、金次がじろっとお香と女を睨《にら》んだ。

「帰りましょう」

お香がうながしたとき、白児がお香の手を放して金次の前に飛び出した。

「なんだ、お前は？」

貧乏長屋にそぐわない角髪《みずら》に結った髪に水干狩衣姿の童子を見て、金次は驚いた。

「鬼というから見に来てやったのに、ただの人じゃないか。額《ひたい》に角《つの》も生えてない」

しげしげと金次を見上げて、つまらなそうに白児が言った。

周りで見ていた近所の者たちがどっと笑った。が、用心棒や金次に睨まれてすぐに笑いやんだ。

「この生意気な小僧が」

金次は白児を足蹴《あしげ》にしようと右足を上げた。が、持っていた風呂敷包みのせいで身体《からだ》の均衡を崩して、どてっと尻餅《しりもち》をついた。

その拍子《ひょうし》に風呂敷包みが金次の手から離れた。大きな鞠《まり》のように、ころころと転がっていく。

「あっ、待て——」

金次と地廻りたちは慌てて風呂敷包みを追いかけた。白児の仕業《しわざ》だ。

「風呂敷包みはどうなるの」

「江戸中を転げ回って、中身は元の持ち主のもとに戻るんじゃないのか」

白児はにやりと笑うと、路地の入口に立っていた暗い顔つきの貧相な老人に向かって、「そろそろ、よそに移ってやれよ」と言った。

「あのお年寄もあやかし？」

「貧乏神さ。あそこに垢嘗《あかな》めもいるぞ。じめじめした溝《みぞ》や垢の臭いが大好きなんだ」

白児の指差すほうを見ると、赤黒い子供のようなあやかしが長屋の下見板の陰から顔を覗《のぞ》かせていた。赤い舌が首の下まで長く垂れている。

もちろん、お香と白児にしか視えない。

「あなたって凄いわ。ただ、あやかしの術を使うだけじゃないのね」

「まあね、こんなのは小手先《こてさき》さ」

白児が得意げに鼻をうごめかすと、琴の師匠から土産《みやげ》にもらったお菓子を包んだ紙を袂《たもと》から出した。

歩きながら食べようとしたら、饅頭が一つ転がり落ちた。通りをうろついていた茶色い痩《や》せた野良犬がぱくりと饅頭を食べた。

「あーっ、われの饅頭を。われは犬神さまの弟子だぞ」

逃げていく野良犬に白児が悪態をついた。

「いいじゃないの、お饅頭の一つくらい」

白児をなだめていると、ふと背後に不思議な気配を感じた。

夕方の往来を歩いている人の中で、一人の男の後ろ姿だけがお香の目に、やけにはっきりと浮かび上がった。長身の白髪の老人だった。

遠ざかっていく老人の姿に見覚えがあった。

もしや、犬神さま——。

「ねえ、白児、あそこに……」

と、白児を呼んで、もう一度往来を振り返ったときには、老人の姿は消えていた。

「どうしたんだ、お香」

「いえ、ちょっと……」

犬神だったら、弟子の白児が気づかないはずがない。

きっと、人違いだわ。

お香は自分に言い聞かせた。

四

庭の椿の花が日に日に咲いてきた。

亮太は数日おきに春木屋を訪ねてきた。本を借りては、日課のように庭の椿の木を見て帰る。

写生するでもなく、写生のための観察でもない。ただ、感嘆して見ている。

もしかして、この人の目には椿の霊が視えるのではないかしら……。

椿の木に見入っている亮太の横顔を眺《なが》めていると、これまで経験したことのない感情が湧いてくる。なんと言っていいのか、切ない思いだった。

「お茶を持ってきましたよ」

母のお祐がやってきた。父の喜左衛門と同様に、真面目で温厚な人柄の亮太を気に入っている。

「お茶だけ？　お菓子は？」

白児がさっそく催促《さいそく》した。

「草餅《くさもち》もありますよ」

お祐がわかってますよと言わんばかりに、草餅を載せた盆を差し出した。白児が目を輝かせて、美味しそうに草餅を食べ始めた。

亮太は椿の花を心ゆくまで見た後は、いつも白児と遊んでくれた。そのため、白児も亮太の来るのを心待ちにするようになった。

数日が過ぎた。いつもなら来る亮太がやってこない。

白児が退屈してきた。

「亮太はどうしたんだ？　せっかくわれが一緒に遊んでやろうと待っているのに」

「椿さまはお母さまの具合がよくないそうよ」

いつものようにおやつを白児に持ってきた母が言った。

「お母さまの？」

亮太の父はすでに亡くなっていた。姉は嫁いで、今は母一人子一人だという。

「さっき、お店に渡辺崋山先生のお弟子さんが来て、お父《と》っさんと話をしていたのを聞いたのよ。崋山先生の画塾もお休みしているそうよ」

「わたし、明日、お見舞いに行くわ」

亮太の母とは会ったことはなかった。でも、亮太が常々病気がちな母を気遣っていたのはよく知っていた。どんなにか心配なことだろう。

「ぜひ、そうなさい」

母のお祐も賛成した。

翌日、お祐は重箱に詰めた料理を用意してくれた。

「庭の椿の花も見舞いに持っていったらどうかしら。亮太さまはあの椿を大層気に入っていたし、椿の花は長寿の印《しるし》と言われているわよ」

「ありがとう」

お香は庭ばさみを手にして庭に行くと、椿の霊に「一枝いただきますね」と断ってから、数輪の花のついた枝を切った。

「われも見舞いに行くぞ」

出かける支度《したく》をしているお香に、白児が言った。

だめだといったら、また駄々をこねるに決まっている。

「じゃあ、これをお願い」

竹籠《たけかご》に入れた椿の花を白児に持ってもらい、自分は風呂敷に包んだ重箱を抱えて春木屋を後にした。

亮太の屋敷は小石川《こいしかわ》だという。賑《にぎ》やかな往来に出ると、見覚えのある大柄な男が前を歩いている。

「あっ、人の鬼がいるぞ」

白児が面白そうに指差した。

先日の金次という高利貸しだ。

肩を怒らせて闊歩《かっぽ》している。また、借金の取り立てに行くのだろうか。今日は用心棒を引き連れていない。

眉をひそめて見ていると、金次の身体の周りに黒い霧のようなものがまとわりついているのに気づいた。

往来を歩いている人も金次自身も気づいていないようだ。

「何かしら、あれは」

「債鬼に金を借りたあげく、返せなくて川に身を投げたり、一家離散して野垂れ死にした者たちの霊だ。金次を恨《うら》んで、ああやってつきまとっているのさ」

「恨みの霊にまとわりつかれているにしては、元気ね」

「あいつは欲深くて生命力が旺盛《おうせい》だから、借金を苦にして死を選ぶような弱虫の霊がいくらつきまとっても、へっちゃらなのさ」

白児の説明に、お香はがっかりした。

死霊に取り殺されたらいいとまでは思わないが、これでは恨みを残して死んだ者たちが可哀想だ。

「人の世なんて、強欲《ごうよく》な者がのさばるのさ」

白児が悟《さと》ったような口をきいた。

後ろ姿を見ているだけで腹が立つ。早く目の前から消えてくれたらいいのに。そう思っても、金次はずっとお香たちの前を歩いていく。

筋違御門《すじかいごもん》を通って神田川《かんだがわ》を渡った。湯島聖堂《ゆしませいどう》の裏に延びる湯島通り沿いには町家《まちや》が建ち並び、道の裏には似たような小禄の御家人の屋敷が続いている。

このあたりまで来ると、昼間でも人通りが少ない。

金次は相変わらず恨みの霊たちをまとわりつかせながら行く手を歩いている。

喜福寺《きふくじ》という寺の角を曲がって、小石川に着いた。

「亮太の屋敷はどこなんだ？」

白児がお香の袖を引っ張って尋ねた。

「ええっと、源覚寺《げんかくじ》の裏と聞いたから、この近くかしら」

あたりを見回し、辻番所《つじばんしょ》が目についた。

「槍組同心の椿さまのお屋敷はどちらでしょう?」

老人の番人に尋ねた。

「そこの角を曲がって三軒目のお屋敷だよ」

老人は慣れた様子で親切に教えてくれた。

「ありがとうございます」

お香は礼を言って、その角に向かった。

またも前方に金次の姿があった。途中で道を間違えたらしく、ぶつくさ言いながらひっそりとした通りを歩いている。

まさか、亮太さまの屋敷に行くのでは……。

お香は嫌な予感がした。

予感は的中した。

金次は角を曲がって三軒目の屋敷の前で足を止めた。門の前で訪《おとな》いを入れようとする。

「待ってください」

お香は金次に声をかけた。

「なんだ、あんたは」

息せき切って駆けてきたお香をじろりと見た。

「椿さまの知り合いです。このお屋敷に何の御用ですか？」

「貸した金を返してもらうのさ。返済の期日が来ているのでね」

当然と言わんばかりに金次が答えた。

「椿さまのお母さまは病気なのです。日を改めていただけませんか」

お香は懸命に頼んだ。亮太は勤めに出ているはずだ。病気の亮太の母に借金取りの対応などできるわけがない。

「借りた側の事情などいちいち斟酌《しんしゃく》していたら、この商売はできないんだ。見たところ、どこかのいいとこの娘さんのようだが、催促に行ってほしくないんだったら、あんたが代わりに借金を払ってくれるのか。ここに証文《しょうもん》がある」

金次は懐から借金の証文を出すと、広げてお香の前に突きつけた。

「二十両……」

証文に書かれた金額にお香は蒼《あお》ざめた。とてもお香一人で立て替えられる金額ではない。

「払えないんだったら、よけいな口出しはしないことだな」

証文を懐にしまうと、お香を押しのけていこうとした。

それまでお香の陰で話を聞いていた白児が、ぴょんと前に飛び出した。

「待て、鬼」

「お前は……思い出したぞ。この前、源助店に借金の取り立てに行ったときにいた妙な餓鬼《がき》だな」

「無礼な。われは餓鬼などではない。犬神さまの弟子だ。金はないが、代わりによいものをやろう。これだ」

白児は手にしていた竹籠を金次の前に差し出した。

お香はぎょっとして、目を疑った。

竹籠の中の白椿の花が、いつの間にか艶《つや》やかな赤みを帯びた黒椿に変わっていた。

純白の清楚《せいそ》な花とは打って変わって、妖《あや》しい魔性の美しさを振り撒《ま》いている。

金次も黒椿に目が釘づけになった。

「どうだ、きれいだろう」

白児はにやっと笑うと、金次の欲望を煽《あお》るように言った。

「この椿は当家の庭にしか咲かない貴重な黒椿だ。その昔、太閤秀吉《たいこうひでよし》の茶会にも飾られた由緒《ゆいしょ》ある名花だぞ。好事家《こうずか》の大名から千両で譲ってほしいと申し込まれたこともある。ここに椿の種も持っている」

白児は袂を探って、椿の種を三個出した。

金次はごくりと唾《つば》を飲み込んだ。

「よし、今日の借金の催促は延期してやる。代わりにその黒椿の花と種をよこせ」

「よかろう」

白児はあっさりと承知した。

金次は上機嫌で、黒椿の花と種を持って帰っていった。

「いいの？　あげたりして」

お香は心配になった。あんな強欲な男のもとに春木屋の守り神の椿の花が行くなんて。椿の霊が知ったら、不快に思うわ。

「平気だよ。それより、鬼が帰ったんだ。見舞いに行こう」

白児がうながした。

お香は気を取り直して、訪いを入れた。

亮太は勤めで不在で、親戚《しんせき》らしい女が対応に出てきた。亮太の母は奥の座敷で臥《ふ》せっているという。

お香が玄関先で見舞いの重箱を親戚の女に手渡していると、亮太の母が挨拶《あいさつ》に出てきた。やつれてはいたが、亮太によく似た面長の優しい顔立ちをしていた。

「春木屋のお香と申します。父の代理で見舞いに参りました」

病人に気を遣わせてはいけないと思い、早々に辞去した。

玄関からちらっと見ただけで、小禄の御家人の貧しい暮らしがうかがえた。

亮太が画の修業をしているのも、画を描くのが好きなのは言うまでもないが、画業で少しでも家計の足しにしたいという気持ちからなのだろう。

「元気がないな、お香」

帰る道すがら、白児が話しかけてきた。

「だって、わたし、亮太さまが困ってらっしゃるのに何もしてあげられないんだもの」

お香はため息をついた。

「そう言うな、世の中それほど捨てたものじゃないぞ」

白児は励ますと、往来沿いの茶屋を指差した。名物団子《だんご》と看板が出ている。

「甘い物を食べると元気になる。団子を食べていこう」

五

その夜——。

家族と夕餉《ゆうげ》を終えて、部屋に戻って寝支度をしていると、庭から白児が声をかけてきた。

「おい、お香」

「どうしたの、こんな時刻に」

お香は障子《しょうじ》を開けた。

「来いよ、面白いものを見せてやる」

また新しいあやかしでも紹介してくれるのだろうか。お香は庭下駄《にわげた》をつっかけて庭に出た。

夜空には金色のお盆のような満月が輝いていた。

月の光が夜の庭を照らし、椿の花がほんのりと白く浮かび上がっている。白児の後から庭の灌木《かんぼく》の間を歩いていくと、足元で小さなあやかしたちがざわめく気配がした。

「こっちだよ」

白児は庭の茶室のそばの手水鉢《ちょうずばち》にお香を導いた。

「覗いてみろ」

手水鉢を示して言った。石をくりぬいて造られた手水鉢には水が湛《たた》えられて、水面《みなも》に満月が鏡のように映って煌《きらめ》いていた。

変なことを言うものだと思いながらも、お香は覗いた。

水面の満月が砕け散り、その後に別の景色が映った。贅沢《ぜいたく》な家だ。でも、趣味が悪い。

「なんなの、この家は？」

「鬼の棲家さ」

白児が答えている間にも、手水鉢の水鏡が映し出す光景が次々に変わっていき、家の座敷の床の間が映った。

床の間の花入れに黒椿が活《い》けられ、その前で金次がにたにたと笑っていた。

あの椿の花で金儲《かねもう》けを企《たく》んでいるのだ。

嫌なやつ——。

「どうして、こんなものを見せるの？」

「まあ、見ていろよ」

白児がにやっと笑った。

花入れに活けられていた黒椿の花がぽとり、ぽとりと落ちていく。落花したとたん、花はそれぞれ人の首に変わった。死人の首だ。

お香は戦慄《せんりつ》を覚えた。

「借金が返せなくて、自ら死んだり、死に追いやられた者たちの首さ」

さすがに金次もこれには恐れおののいた。

死人の首たちは恨みの言葉を口にしながら、宙を飛んで金次に襲いかかった。

助けてくれ——。

金次は悲鳴を上げて逃げ回った。首たちはその金次の手といわず、足といわず噛みついた。着物を破り、肉を食いちぎる。

地獄絵さながらの凄惨《せいさん》な光景だ。お香は思わず目をそむけた。

「意外に恐がりなんだな」

からかうような白児の声がした。

恐る恐る目を手水鉢に戻すと、金次の姿も死人の首も見えなかった。もとのように、満月が美しく水面に映って煌いているだけだった。

「さっき見たのは、本当にあったことなの？」

「金次の見た夢さ。でも、あいつにとっては十分恐ろしかっただろう」

「あなたの仕業なの、白児」

「われと白妙姫とでやったのさ。あやかしが人の鬼を退治してやったんだ」

白児は得意そうに言うと、また夜の庭を駆けていって、草叢《くさむら》の陰から出てきた魍魎やあやかしたちと一緒に遊び始めた。

白児もそうだけれど、あの清楚で優しそうな椿の霊にこんな妖力があるなんて……。

お香は手水鉢のそばに佇《たたず》んで、庭の白椿の木を見つめた。

部屋に戻る前に何気なく手水鉢に目をやると、水面を白い犬の姿がすっと過《よ》ぎった。

犬神さまだわ――。

目の錯覚かと思うほどの一瞬の出来事だった。

お香の胸に小さな疑念が湧いた。

犬神さまの江戸に来た御用は何なのだろう？　どうして弟子の白児を我が家に預けていったのか。

白児は犬神さまの用事を知っているのかしら？

夜の庭で小さなあやかしと遊んでいる白児に尋ねる機会はなかった。

三日後、亮太が春木屋を訪れた。

久しぶりに会う亮太は晴れやかな顔をしていた。

「先日はわざわざ母の見舞いに来てくださったそうで、ありがとうございます」

亮太がお香と母のお祐に礼を言った。この様子では、その後、金次は貸し金の催促には行っていないようだ。

よかった。安堵《あんど》していると奥から白児が駆けてきた。

「われと遊びに来たのか？」

「だめよ。亮太さまはお忙しいのよ」

窘《たしな》めるお香に、亮太がにこやかに言った。

「いいんです。母の病気も快方に向かっていますし、わたしも白児と遊びたい気分なんです」

「そうだろう、われが鬼を退治してやったからな」

白児が威張《いば》った。

「鬼って？」

「いえ、なんでもないんです」

お香は慌ててごまかすと、白児に「お菓子をあげるから」と言って目配《めくば》せした。

白児はお香にお菓子をもらい、庭で亮太に肩車をして遊んでもらってご機嫌だった。

「そういえば、あの金次という金貸しはどうなったのかしら」

亮太が帰った後、お香は気になって白児に尋ねた。

「夜になったら、庭の手水鉢の水鏡で見せてやるぞ」

「水鏡はやめておくわ」

もし金次が恨みの霊に取り殺されていても自業自得《じごうじとく》だと思うが、そんな光景を見るのは嫌だった。

でも、気になる。

悩んだあげく、翌日思い切って、金次の家に行ってみることにした。黙って出かけようとすると、白児が「われも一緒に行く」とついてきた。

金次の家は神田《かんだ》の三河町《みかわちょう》にあった。近所の者に尋ねるまでもなくすぐにわかった。

手水鉢の水に映っていたのと同じ大きな家だった。だが、家の戸はひっそりと閉じていて、売家の札《ふだ》がかかっている。

「あの、こちらは金貸しの金次さんの家ですよね」

お香は向かいの小間物屋のおかみさんに尋ねた。

「金次さんだったら、もういないよ」

「まさか、亡くなったんですか？」

お香はどきりとした。

「死んではいないけど。この前の晩、大変だったんだよ。夜中に、助けてくれー、って金次さんが大声を上げながら、寝間着姿で何かに追われるように家を飛び出してきたんだよ」

おしゃべり好きらしく、お香が聞かなくてもべらべらしゃべってくれた。

「許してくれ、おれが悪かった、って許しを請《こ》いながら裸足《はだし》であたりを駆け回ってね。凄い騒ぎに、町内の者がみんな起きたくらいさ。あげくには、家の中から借金の証文を入れた箱を持ち出して、自分で火をつけて証文をすべて燃やしてしまったんだよ」

「それで、金次さんは？」

「二、三日、憑《つ》きものが落ちたようにぼんやりしていたけれど、急に、西国巡礼《さいごくじゅんれい》に行くと言い出してね。家と家財道具を売り払って、本当に行ってしまったよ。売ったお金は、これまでさんざん取り立てをしていた長屋の者たちに惜《お》しげもなく贈ったよ」

「あの高利貸しが……」

「あたしたちもびっくりしたよ。強欲で、鬼みたいな金次さんが別人のような穏やかな顔になって旅立っていったんだもの。仏さまのお力かねえ」

「違う、われと白妙姫の力だ」

そばで二人の話を聞いていた白児が口を挟《はさ》んだ。

おかみさんは白児を見て、「そうだ、思い出した。金次さんに頼まれていたんだ」と、急いで店の奥に引っ込んだ。

すぐに戻ってくると、手にしたものを白児に渡した。椿の種だった。

「もし、神社のお稚児《ちご》さんみたいな格好《かっこう》をした子供が訪ねてきたら、これを返してくれって」

「そうか、ありがとう」

白児は椿の種を受け取った。

お香もおかみさんに礼を言って、小間物屋を後にした。

「どうだい、われの力は？」

「凄いわ」

お香は心から感嘆した。

機嫌のいい白児を見ているうちに、疑問に思ってることが自然と口から出た。

「犬神さまの江戸での御用って何なの？」

「知らなーい」

夕方の往来を、白児は自分の影と戯《たわむ》れるように飛び跳ねて歩きながら答えた。

虫すだく

加門七海

「鈴虫は勘弁《かんべん》願います」

男は顔を歪《ゆが》めて言った。

視線の先には、煤竹《すすたけ》の千筋細工《せんすじざいく》の大和虫籠《やまとむしかご》。弧を描く籠の屋根より下がる、朱房《しゆぼう》の陰にひらひらと長い触角が揺れている。

「鳴く虫が怖いなどと言ったら、外はどうして歩きます」

「如何《いかが》なさった」

「へえ、実は」

男は少し口ごもり、額の汗を袖《そで》で拭《ぬぐ》った。

本多髷《ほんだまげ》に半纏《はんてん》姿の、黒く日焼けした棒手振商人《ぼてふりしようにん》。虫を怖がるようには見えない。それが勝手口で、ごつい手指を小刻みに震わせているのを見つめ、女主人は話を促《うなが》す。

「どうなさいました」

「その前に、虫籠を退《の》けておくんなせぇ」

哀願する声に従うと、男はほっとしたように視線を上げて、口を開いた。

「あれはまだ、わっちが若い頃――」

秩父《ちちぶ》の山をひとりっきりで歩いたときの話だという。

＊

寺の中に入った途端、男は不思議な音色《ねいろ》を聞いた。

振り向くと、道が燃えていた。

照りつける陽射《ひざ》しの断片が木立の緑の隙間《すきま》から、銀《しろがね》に零《こぼ》れて道に滴《したた》る。

まるで足跡《あしあと》のようである。己の歩いてきた跡が陽炎《かげろう》のごとくに浮き立って、そこから改めて炎夏《えんか》の熱が虚空《こくう》に湧《わ》いて出るらしい。

なのに。

男は視線を戻した。

唐様《からよう》の破風《はふ》より一歩入れば、井戸の入り口に立つごとく土間《どま》はひやりと冷えていた。夏も冬も、この中に陽射しの入ることはないのか。見上げた梁《はり》は黒く曲がって、凍った長虫の胴体にも似た。

その先、上がり框《かまち》から続いた廊下《ろうか》の果ては見えない。磨き抜かれた廊下の奥には、ほんのり薄い陽が漏《も》れて、そのまた奥から聞こえる音は、

（虫の音《ね》）

幽《かす》かでありながら、視界の先に降る音は、季節をひとつ間違えた鈴虫の声のように思えた。

「お頼み申します」

声を上げると、遠音《とおね》は刹那《せつな》にかき消えた。同時に導かれるように、ひとつの影が姿を見せる。

寺にいるなら、僧侶《そうりよ》であろう。けれども一瞬、その影が鈴虫に見えたのは確かなことだ。

黒い絽《ろ》の僧衣が逆光に映えて薄羽根となっている。奇妙に長い禿頭《とくとう》が、その上で僅《わず》かに傾いていた。

「何か」

声が嗄《しわが》れていた。そうして体も老い枯れている。目だけが黒々と湿っているのが、これもまた人というよりは……。

「水を一杯、頂けませぬか」

暑気中《あた》りじみた幻影《げんえい》を心で払って男が言うと、僧侶は目を細くして、男の姿をじっと見つめた。

「秩父札所《ふだしょ》の巡礼《じゅんれい》です。いささか道を失って、難儀《なんぎ》している最中《さなか》でして」

言い訳でもなく、男の姿は白装束《しろしょうぞく》に笠《かさ》を持つ観音《かんのん》巡礼のものだった。不審な点を言うならば、働き盛りと思われる年頃だという事だろう。物見遊山《ものみゆさん》でないのなら、親の供養《くよう》か、先祖の回向《えこう》か。

僧侶は、そんな男の様子に納得顔で頷《うなず》くと、

「そうですか。それは、お困りでしょう。巡礼道はここからは、かなり離れたところにあります。一里ほど前の分かれ道で、道を間違えなすったか」

「一里」

男は記憶を辿《たど》る。

「ともかくも、この陽射しでは、すぐに戻るのも辛いこと。宜《よろ》しければ、上がってしばし、お休みになるるとよいでしょう」

「そりゃ、かたじけない」

姿に感じた印象よりも、僧侶の態度は優しいものだ。男は素直に喜んで、汚れた草鞋《わらじ》の紐《ひも》を解いた。

寺には、この老僧のほかには誰もいないのだろう。涼《りょう》の滞《とどこお》る屋内は、寂《せき》として余人の影もない。いや、行くほどに再び湧き上がる、時ならぬ虫のすだく音……。

「あれは」

影の映るほど磨かれた廊下を歩みつつ、男は自信なさげに尋《たず》ねた。

「鈴虫の音《ね》です」

事もなく、僧侶はそれに首肯《しゅこう》して、

「いつも鈴虫が鳴くように、孵化《ふか》に工夫したのです」

奥の杉戸を両手で開いた。

杉板戸は無地のものである。対して、開かれた部屋の向かいは、無銘の雲中遊《うんちゅうゆう》仙《せん》図である。

薄ら暗い空間に、煤けて荒れた金が輝く。その上、赤い衣《ころも》、青い衣の大柄の仙人が舞っていた。

幽境《ゆうきょう》を描いたにしては、毒を感じる色彩だった。そうして、それをも打ち消すごとく、降る音。

満ちる音。

止《や》むことのない音。

時雨《しぐれ》にも似たさざめきが、部屋から溢《あふ》れて虚空《こくう》を充《み》たす。

「こいつぁ……」

空気そのものが戦慄《わなな》いているかのようだった。男は呆《ほう》けたようにして、薄暗い部屋を見渡した。

「ナニ、年寄りの暇つぶし」

僧侶は音に分け入って、遊仙の襖《ふすま》をもふたつに分かった。

仙境の向こうに現れたのは、殺風景な狭い小間《こま》。その先、清々《せいせい》と風渡る竹の坪庭《つぼにわ》が陽射しに揺れて、部屋の明るみが僅《わず》かに増した。

知らず緊張していたのだろう。光に安堵《あんど》の息が零《こぼ》れた。

「水を持って参りましょう」

老僧は、そんな男を残し、一旦、痩《や》せた姿を隠す。

――なんという場所か。

男は思った。

小間に座った男の視界に、仙人の姿は入ってこない。代わり、隣の壁一杯の、様々な虫籠が目に映えた。

粋《いき》な着物の縞《しま》の名に「千筋」「万筋《まんすじ》」というのがあるが、極細の竹で作った籠は、それよりもまだ清涼で、それでいて、どこか湿ったような陰気な光を携えていた。

ただ真四角なものばかりではない。虫籠自体に様々な風流な形と名があることは、男自身が知っていた。

椿円《だえん》を描いた屋根の上、朱房の滴る大和虫籠。兼翠《けんすい》、清翠《せいすい》は四角く小さく、名前が形を表す釣鐘《つりがね》。そうして潰《つぶ》した太鼓のような円を描くのは、浮月《うづき》という——。夏を迎えた竹細工屋の店先で、主人に聞かされた憶《おぼ》えがあった。

あの時、男は細工の妙に感心していただけだった。しかし、ここに並んだそれは、美しいというよりは寒気を覚えるものがある。

(獄舎だからか)

どんなに瀟洒《しようしや》な造りでも、虫籠は所詮《しよせん》、監禁の廬《いえ》。中に蠢《うごめ》く鈴虫の長すぎるような触角が、ちらりちらりと過《よ》ぎるのが、思えば、ひどく陰惨《いんさん》だ。

その獄舎からの訴えは、喧《かまびす》しいまでである。

鈴虫という名に相応《ふさわ》しく、声は幾千の小さな鈴を振るっているかのようだった。素直に聞くなら、壮麗《そうれい》と言えよう。が、心はどうしても秋に向かうか。

男の耳にその色は、うっすらとした暗さを残した。

——「どうぞ」

声に気づくと同時に、一杯の水が前に出された。井戸水だろう。唇に触れる前からひやりと冷たい。

「ええ、ありがとうございやす」

胃の腑《ふ》まで染みるそれを飲み干し、男は老僧に頭を下げた。そして、

「夏の真昼に、虫の声まで馳走《ちそう》になれるとは思いやせんで」

ある意味、真に感嘆を示した。

「季節を問わずの秋の声。むしろ無粋《ぶすい》の骨頂《こっちょう》でしょう」

「いやいや、奇なるはひとつの風流。季節を問わぬということは、ここんちでは春も真冬も、鈴虫がよく鳴きますか」

「ええ」

老僧はほのかに自慢げに、

「あすこに瓶《かめ》が見えましょう。瓶の中に、卵を産んだ土を入れて置くのです。そうして室内に据え置いて、頃合いを見て暖める。それで虫の季節を騙《だま》して、時を外して孵化させるのです」

言われて見れば、部屋の四隅に信楽《しがらき》や萩《はぎ》の瓶がある。美濃紙《みのがみ》で封した内側に、小さな命が潜《ひそ》むのだろう。

「そいつは工夫致しやしたね」

「〝あぶり〟という方法でして。虫売りには知られたやり方ですよ」

謙遜《けんそん》を見せて、僧侶は答えた。

年寄りの唯一の趣味だというなら、夢中になるのも理解はできる。けれども命を尊ぶ僧が、慰《なぐさ》みに無数の小さな命を弄《もてあそ》んでもいいものか。

男は不審な顔をした。

老僧はただ、微笑《ほほえ》むばかりだ。そして、

「あなたのような、お若い方が巡礼とは珍しい」

さりげに話を、男自身の身の上調査にすり替えた。

「へぇ」

男は頷いて、

「一年ほど前までは、江戸で商《あきな》いをしておりやした。けれども鈴ヶ森《すずもり》近辺に移ってからはもう、いけません。店の仕入れの朝夕に、刑場の脇《わき》を通りやす。毎日とは言わねえまでも、生首《なまくび》を拝むことも多くて。その内、段々、気鬱《きうつ》の病《やまい》にかかったようになりやした。で、世の無常とは大袈裟《おおげさ》な物言いになるやも存じませんが……ふと、発心《ほっしん》を起しやしてね」

鈴虫の話を聞くよりは、自分の身の上を聞かせるほうが楽に思えた男であった。

彼は一気にそこまで語った。

「鈴ケ森」

聞いて、僧侶は懐《なつ》かしそうに目を細くして、

「それは奇遇《きぐう》な。儂《わし》も随分、昔になるが、あの刑場の仏らの菩提《ぼだい》を弔《とむら》う寺にいた」

「そいつぁ」

言葉が真実ならば、確かに奇遇に違いない。

「これぞ、仏縁というものか」

僧侶は呟《つぶや》き、感慨深げに痩《や》せた両手を擦《こす》り合わせた。

沈黙があった。

お互いに、心に思い描いているのは、三尺近い台の上——塩を土台に据えられた生首の苦悶《くもん》に違いない。

一枚板の台の脇には、首洗いの井戸がある。その後ろには磔《はりつけ》に使われた杭《くい》が一本、二本。東海道を横に見ながら、周囲の木々はひたすら黒い。

男はぶるっと身震いをして、坪庭の明るみを目に入れた。夏の陽射しを意識したなら、微《かす》かな暖が体に戻る。

「あすこは辛い場所でした。お坊様も難儀なこって」

吐息《といき》混じりに、男は言った。

「それが務め……とはいえど、儂もこうして逃げてきた」

応じて、老僧は小さく笑った。

奇妙な顔も、見慣れれば愛嬌《あいきょう》があるように思われる。男はそれに勢いづいて、

「そういやぁ、不思議に思ってましたが、あの曝《さら》し首ネ。いつの間にやら、台から消えているものがある。あれはどういう事なのでしょう」

戯《ざ》れ言《ごと》めいた台詞《せりふ》を続けた。

「知らぬ」

聞いて、老僧の顔が瞬時に強《こわ》ばった。

「だが、わかる気がする」

そうして僧侶は再び顎《あご》の肉を緩めて、虫の音に消される小声で応じた。

「…………」

空気が静まり返った。

男はその沈黙に首を竦《すく》めて、視線を落とす。

部屋は僅かに青臭い。

虫に与える胡瓜《きゅうり》の匂《にお》いか。それとも鈴虫自体のものか。そんなことを考えなが

ら、しばし耳を預けていると、不思議なことに一匹一匹、音色が個性を表し始める。

今を盛りと、声高に羽根打ち合わせて騒ぐもの。

途切れ途切れにリィリィリィと、侘《わ》びた調子で謡《うた》うもの。

声の良し悪し。音色の高低。ひとつひとつの吟詠《ぎんえい》が浮き立つように耳に触れれば、

「あの音色。信楽の大壺からでしょうかね。格別なものを感じます」

男は一筋の声色《こわいろ》に、知らず、感嘆の息を漏らした。

「これは、お耳のいいことで」

僧侶は驚いた顔をして、まじまじと男を凝視《ぎょうし》した。

言葉通りに、男の耳を称賛している顔ではなかった。黒々と光る両眼は一体、何に怯《おび》えているのか。

リリィ

リイィィン

虫の音共に、老僧は瞳《ひとみ》を震わせた。

戦慄《わなな》く双眸《そうぼう》に睨《にら》まれて、男は自分の放った言葉を意味も知らずに後悔をした。

――「だが、わかる気がする」

反芻《はんすう》すれば、体の芯《しん》が冷たく沈む。

水が身の内でまだ冷えていた。暑さにひりつき、乾いていくのは、皮膚と喉《のど》の奥ばかりである。

「そろそろ、お暇《いとま》」

耐えきれず、こそりと言うと、

「すぐ、夕立がやってくる」

老僧は素早く引き留めた。

言われて空を見上げたならば、なるほど東の風に乗り、黒雲が伸び上がっていた。

「これも、仏の縁《えにし》でしょう」

帰りあぐねた男の耳に、僧侶の声が静かに触れた。

「御仏《みほとけ》がそなたを呼び込んだのだ」

薄羽根に似た黒い衣が、微風を孕《はら》んで揺らめいている。

「どういうこってす」

「お水の代わりを」

「いや。もう十分」

「ならば。聞け」

強い調子に見返れば、僧侶の顔に、最前までの柔和《にゅうわ》な笑顔は欠片《かけら》も見えない。

蛇に似た梁が思い出された。

その後に廊下をやってきた僧侶の様が、思い出される。

（鈴虫のような、髑髏《どくろ》のような）

雨風に、竹がざわりと騒いだ。

もうすぐ確かに、雨が降ろう。夕立ならば稲妻も立つ。滴るほどの瑠璃《るり》を湛《たた》えた真夏の空は見る見るうちに薄雲を刷《は》き、色も光も、冷ややかな湿り気に退いていく。

ごくり、と男の喉が鳴る。

シィ、と老人が微かに笑った。

読経にも似た呟きが、そうして部屋に染み渡る。

「――名ばかり美しい鈴ヶ森をば、終《つい》の住処《すみか》と果てたのは、丸橋忠弥《まるばしちゅうや》を始めにて、八百屋お七に天一坊《てんいちぼう》。数え切れない罪人の群れ。供養のために建てられた『南無妙法蓮華経』の碑など、ただ血を浴びて黒ずむばかりよ」

昏《くら》い炎《ほむら》を瞳に宿し、僧侶は籠《こ》もった声で語った。

「髭題目《ひげだいもく》の文字までが怨嗟《えんさ》の色に染まるなら、拙僧《せっそう》ひとりが経を誦《ず》しても、何の供養になるものか。いいや、それで勤めを厭《いと》うて、この寺に逃げたわけじゃない。儂も若かった。女も若い。……あやつは地面に触れるほど、長い黒髪を滴らせ、うっすらと目を開けていたのだ」

十両盗めば首が飛ぶ。まして他人様《ひとさま》の金子《きんす》を盗《と》るのを生業《なりわい》とした盗賊に、情状酌量の余地はない。

伝馬町《てんまちょう》で胴と離れて、鈴ヶ森に来た首は、まだ十六か七か、娘の盛り。年に似合わぬ無頼の果ての哀れとも見える花首だった。

「日夜、首ばかりを見続けて、儂の眼は狂っていたのだろうな。女の首を見るほどに、儂は女を可愛《かわい》く感じた」

血の気を無くした女の首は、白く浮き立つようだった。

僅かにめくれた首の付け根はうっすらと桃色の肉を曝《さら》して、己の死すら知らぬげに、口許は微笑を浮かべた様子だ。

眼窩《がんか》に隠しようもない隈《くま》のあるのが、哀れであった。そうして長い黒髪の櫛《くし》も通さず乱れているのが、この女を死して後まで辱《はずかし》める手段と見えた。

生きて動いていたときは、妍麗《けんれい》な花であったろう。いや、それよりも愛嬌《あいきょう》を湛えた少女の様相か。

瞑《つむ》った瞳は、弓のごとくに隙のない曲線を見せている。口許も眉《まゆ》もきりりと締まって、今にも無邪気な悪態をこぼしそうな媚態《びたい》を湛えた。

「……儂は惑《まど》った。見るほどに、女が哀れに思えてきてな。一緒の板に並んでいるのは、小汚い男のものばかり。そこに彼女のいることが、何とも」

せめて、髪を梳《す》いてあげたい。

せめて、紅《べに》を注《さ》してあげたい。

曝し首は三日が期限だ。それが過ぎれば、この首は土中の虫の餌《え》となるだろう。

「恋というものの苦しさを、その時、儂は初めて知った。加えて、己の身の内に、御仏にすら救えない激しいものがあるのも、知った」

黒雲は空を覆《おお》い尽くした。

青竹の葉末《はずえ》のきらめきはもうすっかりと色を失い、雨気《あまけ》づく風にざわざわと穏やかならぬ声音で騒ぐ。

鈴虫の音だけが変わらなかった。

それだけが、永遠の音に思えた。

「雨が。三日目の晩に、雨が降ったのが機縁であった。あの首が冷たい無情の雨に濡《ぬ》れそぼっているかと思うと、堪《こら》えられない気持ちになった。夜具を抜けて裸足《はだし》のままで、刑場に行けば思ったとおり。首は雫《しずく》を滴らせ、乱れた髪はずっぷりと、重たげに、微かに、揺れている」

白い頰《ほお》を伝わる雫は、涙以外の何物でもない。泣き濡れた女の貌《かんばせ》は、それゆえに悽愴《せいそう》な艶《つや》を増し、

——「助けてちょうだい。ね、あなた」

「訴えていると思ったよ。それで……それから暫《しばら》くの次第は記憶に残っていない。泥を跳ね上げる己の素足が夜雨《よさめ》の音にも紛れずに、ばしゃばしゃと水を叩《たた》いて……ふと気がつけば、拙僧は片袖に女の首を包んで、深更《しんこう》の道を駆けていたのだ」

「それで、首はどうなりました」

男は掠《かす》れた声で尋ねた。

虚仮威《こけおど》しの座興にしても、中座はできない感じがあった。のみならず、男は老僧に「仏の縁《えにし》」と言われた理由が、わかったような気になっていた。

生首を抱き、罪を抱えた老人は、鈴ヶ森を知る男に会って、懺悔《ざんげ》の機運を見いだしたのだ。

（これも仏縁ならば）

男の考えは殊勝《しゆしよう》であった。けれども僧侶は悔いるというより、自らの話に昂揚《こうよう》し、頬を緩めて話を続けた。

「女と儂は共に暮らした」

「え、」

「首は再び、命を得たのだ」

江戸を離れて、どれほどか。

女の首を白布《さらし》に包んで山を巡って、秩父路に。

若い僧侶は昼夜を問わず、安住の地を探し続けた。この寺に居を構えたは、修行時代を共にした知人がいたからに他ならない。

「儂はそれこそ巡礼の托鉢《たくはつ》僧を装って、しばしの間、この寺に住まうことを許された」

その時からもう、この寺は鈴虫達の巣であった。

京の某《なにがし》という寺の真似《まね》をしたとの話だが、そんなことは僧侶にとって、何の意味もないことだ。

ただ、虫の音は気に入った。そうして、部屋も気に入った。

夜になれば、一層に鳴き騒ぐ虫の声に紛れて、僧侶は夜毎、ひっそりと女の首を見つめて暮らす。

その時も今と同様に、暑い夏の盛りであった。にも拘《かかわ》らず、女の首は腐り果てる様子も見えない。

「形の崩れることがなくとも、腐臭がすれば厭《いと》いもしよう。しかし彼女の頭《こうべ》から漂うものは花に似た、白粉《おしろい》の匂いばかりであったよ」

初めての晩は泥を拭って、乱れた髪を梳いてほぐした。次の夜《よ》に鬢付油《びんつけあぶら》を馴染《なじ》ませたなら、髪は黒々と波を打ち、幽かに翠玉《すいぎょく》の光を帯びる。

「そうして翌日は、紅を買い……」

白粉を買って、化粧を施す。

間借りを許した家人らは、その行いを知る由《よし》もない。

冷ややかに醒《さ》めた死人の肌の、肌理《きめ》の細かさは格別だった。まだ稚《いとけな》い頰に添い、うっすらと生える金の産毛《うぶげ》は水蜜桃《すいみつとう》のそれにも似るか。

白粉を刷《は》けば一層に、顔立ちの良いのが際だった。貝紅を少しの水で溶き、無名《むめい》指《し》で唇をなぞったときは、思わず爪先《つまさき》が戦慄《わなな》いた。

紅を点《とも》せば、命も点るか。

斬首《きりくび》となった女の罪は、その美しさにこそあったのだろうか。

眼前に眠る花首は、泣きたいまでに可憐に過ぎた。

「愛欲は罪。女犯《にょぼん》は穢《けが》れ。知っていたとて、自らが求めて作った傾城《けいせい》の罠《わな》。酔わずにいられるはずもない」

重たい首を両手で抱いて、冷たい髪の香を嗅《か》げば、後生《ごしょう》の罪に怯えるほどの暇もなければ余裕も得られぬ。

ある晩、僧侶は玉虫色を底に宿した女の口に、唇を、そ、と重ねたのである。

「あの夜《よ》のことは忘れられぬよ」

老僧は口を歪めて笑った。

無論、唇は冷えていた。

けれども氷の冷たさは、ねぶるほどに柔々《やわやわ》ほどける。

同時に甘い芳香が口一杯に広がってくる。解《と》けた唇に舌を入れれば、玉歯《ぎょくし》は拒むこともなく、僅かに開いて彼を迎えて、

「ふと、絡んでくる女の舌に、驚いて目を開いてみれば、女もまた両眼を開けて、拙僧をじっと見つめていたのだ」

老僧の目は夜の色。

女の瞳も夜を湛《たた》えて、黒々潤っていたという。

瞑目《めいもく》していた時の女が丸い月光石ならば、目覚めた彼女の様相は、鋭く欠けた鶏血石《けいけっせき》か。

禍々《まがまが》しさは、ある種の美貌《びぼう》の同義語にもなるものだ。そして天より賦与《ふよ》された器によって、人間は中身までもが定まるのである。

――「あんた」

低い声ではなかった。けれども少し、掠れた声だ。

僧侶は軽い眩暈《めまい》を感じた。

「あんた、あたしのことが好き?」

女は朱唇を開いて笑った。

降り始めた夕立は、鈴虫の音に気圧《けお》された。

遠雷《とおかみなり》が、暗く沈んだ空を鈍色《にびいろ》に光らせている。

男は僧侶の顔を見ていた。

座輿にも過ぎる話であった。けれども、それを揶揄《やゆ》する気持ちを、男は持ち得ずにいた。

この老僧が、生首を弄《もてあそ》んだのは事実であろう。そして舞台となったのは、いうまでもない。この部屋だ。

鈴虫がしきりに鳴きすだく。

想像力を巡らせば、視界の外の仙人の謡《うたい》とも思える声である。

赤い仙人と青い仙人。

常軌《じょうき》を逸《いっ》した話の救いに、それらを心に描いても、心は震えを収めなかった。

老いた仙人が鈴虫の声を出《いだ》しているなどと、考えるほどに薄気味悪い。皺《しわ》の寄った口許をすぼめて、玉を転がす声とは……。

老僧に通じるものがある。

赤い仙人と青い仙人。

（それから、これは黒い仙人）

僧侶は昆虫じみた目に、虚《うつ》ろな微笑を湛えるばかりだ。

虫の音が一層、鋭くなった。

近づいてきた稲妻に、抗《あらが》う気持ちがあるのだろう。いや、それよりは何かをしきりに訴え掛けているような――それよりは、虚実の香を含む、口説《くど》きにも似た声色だ。

僧は続けた。

「女の生首ひとつの色香に、儂は迷った。愚かと言えば、それまでだがな。儂は女に夢中であったよ。そうして哀れな体になったと嘆く女を慰めようと、色々に手を尽くしたものだ。思えば」

一瞬、老僧は部屋の中に視線を馳《は》せて、

「今思えば、確かに女は、一死に値する悪女であった」

最初の頃は口の優しく、女は容姿も心根も、迦陵頻伽《かりようびんが》の首そのままの美しきを持つかのごとくに思えた。

「ねぇ、あんた。髪を梳いておくれよ」

「ねぇ、あんた。星が綺麗《きれい》だねぇ」

女にしても麗《うるわ》しい甘えばかりを口にして、夜毎、首を傾けて、僧侶に子猫の素振りで擦り寄る。

「こんな因果な体になっては、あんたに何することもできない。どんなにあんたに尽くしたくっても、これじゃあ手間をかけるばかりさ。愛《いと》しい男を目の前に、綺麗に装うこともなく……恥ずかしいよぅ」

「何を言う。お前はそのままで十分だ。化粧や髪は望むまま、儂が整える。この儂が」

言った言葉に嘘《うそ》はなかった。

鬢付油と白粉を揃《そろ》えるくらいはわけもない。

女の道具を僧侶が買えば、人の顰蹙《ひんしゅく》を買うのは必定《ひつじょう》。とはいえ、当時も今の世も、清僧などはいるはずもない。宿場女郎《じょろう》にでも貢《みつ》ぐのだろう、と人々は推するのみだった。

僧侶も無論、そんな噂《うわさ》を気にするようなことはなかった。

寺の雑用を手伝って得た小遣い銭をつぎ込んで、僧は首に貢ぎ続けた。

そうして昼は行李《こうり》に隠し、夜はふたりで共に過ごして、飽きることなく夜明けまで、男と女は戯《たわむ》れ続ける。

首をポンと投げたなら、こそばゆくなってくるほどの綺麗な声で、女は笑った。

膝《ひざ》に抱えて撫《な》でるなら、女はうっとり、目を細くした。

けれども、たわいない蜜月《みつげつ》は、やがて違う様子を帯びる。女の可愛い物ねだりは、いつまでも続くものではなかった。

生首は徐々に増長して簪《かんざし》を求め、着られもしない着物を欲しがり、胃の腑もないのに、舌先だけの悦楽を求めて止《や》まなくなった。

居候に近い僧侶に、賄《まかな》える金子《きんす》のあるわけがない。それでも歓心《かんしん》を得たいなら、盗む以外に手だてはあるまい。

「寺から金子を盗んだり、店からそのまま失敬したり。なに、本意ではなかったさ。だが、あの時は目が眩《くら》んでいた。女の喜ぶ顔が見たくて、儂は畜生道《ちくしょうどう》に堕《お》ちたのだ」

これが本性なのだろう。

女はひどく強欲だった。

漆黒《しっこく》の滝に似た黒髪を畳の上にたゆたわせ、首を傾《かし》げてあっちにころり。彼方《かなた》にころりと転がって、夜毎に恨みを含ませた艶冶《えんや》な瞳で僧に迫った。

――「こんなつまんないもん、盗ってきて。あたしを何だと思っているのさ」

――「金は天下のまわりものだろ。それをあたしのために集めて、悔いが残るっていうのかい」

人を襲って抵抗されたら、殺せばいいと彼女は言った。

夜盗に入って見つかったなら、火を放つのだと、彼女は囁《ささや》く。

――「ええ、何を嘆くの。見苦しいったら。今更、あんたに後生があるかい。あたしに惚《ほ》れて首を盗んで、屍《かばね》に口づけておきながら、浅ましいだの畜生だのと。我が振り見てこそ口にしやがれ。往生際《おうじようぎわ》が悪いってんだよ」

嬌声《きようせい》はしばしば罵声《ばせい》に変わった。しかし女の言い分も、言い掛かりとは言えないものだ。僧侶は従うほかになかった。

しかし、犯した罪咎《つみとが》を永劫《えいごう》に隠せるはずもない。

最初に疑いを持ったのは、同じ寺に住む者達だった。彼らは町の騒ぎより、自分達の持ち金が減っていることに不審を抱いた。そして夜半に寝床を抜け出す僧侶に対して、激しい糾弾《きゆうだん》を向けてきたのだ。

「夜毎に何すると問われても、首と語らっているなどと言えるはずもないことだ。鈴虫の声が気になると答えるのが、せめての言い訳だ。確かにあの頃、虫達の世話は儂がひとりでしていた。女を養い、鈴虫を養い、儂の孵《かえ》した虫達の音色に興じて女を愛《め》でる。いいや、女に罵倒され、それもまた、一興と楽しんで……。あの夜半の愉楽《ゆらく》を他人様《ひと》に言って聞かせるほどなら、罪を認めたほうが良かった」

まさにすべては秘め事の内。

僧侶はそれを隠したままで、罪を贖《あがな》う覚悟を決めた。だがしかし、ひとりで覚悟を決めても、女の意見は別にある。

「あんたが獄門になっちまったら、あたしはこの先、どうすりゃいいのさ。干涸《ひか》らびてのちの後追い心中《しんじゅう》なんてのは、絶対、あたしゃあ御免だからね。……ねぇ、それよりもいいことがある。どうせ、この先も泥棒と言われ続けるっていうならさ。面倒を片して、金を得ようよ」

久々に、女は甘く囁いた。

家人を殺して、この寺に納まってしまえばいいのだ、と。

「……して、どうなされた」

「殺したさ」

答えの聞き取りづらいほど、雨は激しくなっていた。

近づきかけては遠ざかる雷鳴と共に、虫の声が途切れ、続き、また静まった。

青く発光する空は老僧の皺を浮き立たせ、長い人影は襖から籠の連なる部屋にと流れた。

「石見銀山鼠取《いわみぎんざんねずみとり》。毒を食わせて、ひとり残らず。死体には慣れているものの、自分で殺《あや》めた死体というのは、また格別に気味悪い。喜んだのは、女ばかりだ。あいつはしゃいで跳ね回り、籠を覆《くつがえ》す大騒ぎ。驚いた虫が女の髪に、それは沢山集《たか》ってなぁ。思えば酷《ひど》い夜だった」

倒れた籠は、女の首にのし掛かられて、面白いようにぺしゃりと潰れた。壊れた籠の細竹は大振りの櫛《くし》の歯のようだ。その先端から湧き出すごとく、鈴虫は散らばり、弾《はじ》け飛ぶ。

潰《つい》えた籠は、ひぃ、ふぅ、みぃ、よぉ。

鈴虫の影はそれ以上。

黒い影が跳躍《ちょうやく》するたび、触角《しょっかく》は手踊りの様子を見せた。

まるで小鬼の舞踏であった。

いいや、確かに虫達は屍肉《しにく》を貪《むさぼ》る餓鬼《がき》にも等しい。

彼らは首に縋《すが》りつき、白い容《かんばせ》の上に集って、生首の肌を踏みつけたのだ。

「あれ、何をする」

女が叫んだ。

虫達は一向構わずに、乱れる髪の中に遊んだ。そうして桃色を呈したままの首の断面にかぶりつく。

「痛いッ」

女は悲鳴を上げた。

「なにしやがんだよ、畜生めぇ！」

「――鈴虫の餌《え》は胡瓜や白瓜《しろうり》。そのほか、煮干しなんぞも与える。彼らは精進好《しょうじん》みではない。実際は肉も……野辺《のべ》にて倒れた屍肉などにも鈴虫は集《たか》り、貪《むさぼ》り、謡《うた》うのだ」

どんなに生き生き舞おうとも、生首は所詮《しょせん》、屍の類《たぐい》。只人《ただびと》の目は騙せようとも、貪欲《どんよく》な虫の感覚を誑《たぶら》かすことは叶わなかった。

虫は女を餌と定めた。そして柔らかい肉と脂肪に、瞼《まぶた》の上に、食いついていく。

「お止《や》めッ」

口を開けば、口中。

「あんた、助けて」

言えば、舌先。

苦痛にごろごろ転がれば、のろまな虫は押し潰されて、白い肌にべったりと体液混じりの染みを作った。

残った虫は散らばるものの、すぐさま仲間の仇《かたき》とばかりに、再び女に挑んで掛かる。

「それはもう、正視に耐えなんだ。食いちぎられた肌からは、溶けた肉汁が溢れ出す。そこから酷い腐臭《ふしゆう》がな。鼻がひん曲がるような、腐臭が部屋中に満ちてきて……そうして儂はやっと覚った。女は死骸《しがい》。腐り果て、土に返るのが自然の摂理《せつり》、と」

僧は呟く。

鈴虫がまた、一段と声を高めて謡った。

籠より聞こえる声とは違う。男の耳に届くのは、たったひとつ――信楽の瓶の中にいるらしい、一匹の虫の声のみだった。

「夢から醒《さ》めたというよりは、女の真の姿を知って、恋より醒めたというのが正しい。けれども死者に誑かされて、儂が重ねた殺生は、すでに取り返しのつかぬこと。いや、真実の心をいうなら、女よりも儂にこそ、悪が宿っていたのであろう。女をもこのまま殺してしまえば、鬱陶《うつとう》しい指図も受けぬまま、寺でぬくぬく暮らせると……拙僧はそう考えたのだ」

言って、僧侶は信楽の瓶にひたりと視線を向けた。

不自然なまでに黒い瞳が、油を引いたごとくに光る。男も瓶に視線を向けた。

雷神はすでに頭の上だ。

暇もなく轟《とどろ》く雷鳴が、男の腹にずしりと響いた。

眼前にある僧侶の影は、そんな稲光《いなびかり》のたびごとに浮き立っては闇に落ち、不規則な点滅を繰り返す。

「だから」

裂《さ》かれた風の悲鳴に、僧の呟きがぽとりと落ちた。

「あの瓶に、女を埋《い》けたのだ」

リリリイイ……ン
信楽の瓶が響いた。

僧侶の喉がクッと笑った。

「魂は何に囚《とら》われるのか」

声か、それとも溜《た》め息か。

「肉は食われても骨は残った。髪の毛もそのまま艶やかだ。もちろん舌を食われては、人の言葉はもはや喋《しゃべ》れぬ。だがしかし」

　虫は鳴きすだく。

「声は鳴くのだ」

　鳴きすだく。

「今、生首に宿っているのは、鈴虫の魂なのであろうか。それとも舌を無くした女が、鈴虫の声を借りているのか。そうして儂を責めているのか。お前ばかりをぬくぬくと生かしては置かぬ。死なせはせぬ、と」

「死なせはせぬ、と？」

　男は声を詰まらせた。

「そうさ。未来永劫《えいごう》に」

――「あたしと一緒にこの寺に留《とど》まり、生きていくがいい」

いきなり激しい稲光がして、部屋のすべてが青く染まった。

突き抜けていく蒼色《そうしょく》に、紗《うすぎぬ》の僧衣が透き通る。

すでに、骨だ。

襖も透ける。

赤い仙人がにたりと笑った。

その袖の向こうで、数え切れない鈴虫の髭が揺らめいた。

雷がここに落ちたのか。梁を揺るがす振動に、信楽の瓶も前後に揺れた。そうして、それが男の瞳に刹那、中身を透写する。

幻。

きっと、幻だろう。

美しい女の首だった。

黒蜜のごとき双眸が、驕慢《きょうまん》も露《あらわ》に男を見据《みす》えた。

瓶の中にたぐまる髪は烏《からす》の濡羽《ぬればば》そのままにして、顎に滴るその一筋の隙より、艶やかな朱唇《しゅしん》が覗《のぞ》く。

リリリィイン

玉歯《ぎょくし》がひらめいた。

首が男に微笑みかける。

――「ねぇ、あんた。あたしのことが好き?」

覆《くつがえ》った瓶から溢れる髪が、黒髪が、部屋一杯に。

＊

「よくぞ生きて還《かえ》れたものと、自分でも呆《あき》れておりやすよ」

　勝手口に腰掛けて、男は考え深げに唸《うな》った。

「お寺は燃えてしまったの？」

「きっと……いんや、思ってみるに、端《はな》からあすこに寺なんか、なかったのかも知れやせん。どのみち、わっちはあれを境に仏の道には懲《こ》りやした」

　男の持った天秤棒《てんびんぼう》には、旬の魚が数匹寝ていた。なるほど、すでに精進は彼には無用のものだろう。

「へぇ。では、お暇《いとま》いたしやす」

「気をつけるんだよ」

　天秤棒を担《かつ》ぐのを見て、女主人が呟いた。男は笑って、

「十分承知。ただね、心許《こころもと》ねぇことは、わっちが死んだあとのこと」

「なんだい」

「今でも折々に、女の顔を思い出しやす。これで打ち首にでもなった日にゃあ」

男は口に出しかけて、おどけたように肩を竦めた。

「つまらねぇ話さ」

「…………」

「秋だってのに、暑いねぇ」

そしてもう一度、頭を下げて、男は陽射しの中に出る。

その後ろ影を目で追って、女主人は虫籠を見た。虫が鳴くにはまだ陽が高い。

「ほんとに暑い」

この陽気では、夕立が来るに違いない。

夜になれば、鈴虫も鳴く。

鈴ヶ森にも、鳴くだろう。

蜆塚《しじみづか》

宮部みゆき

小河屋《おがわや》の向島《むこうじま》の寮へ向かう前に、米介《よねすけ》は浅草御蔵《おくら》の方へと足を向けた。蔵前元《くらまえ》町にある馴染《なじ》みの魚屋に寄ったのである。一昨日のうちに、今日のために御蔵蜆《しじみ》を買い入れてくれるよう頼んであった。

魚屋は、約束にたがわず、目笊《めざる》いっぱいの蜆を見せてくれた。それを小鍋《こなべ》に戻し、ここには真水を張ってあるから、持って歩くうちにも上手《うま》い具合に砂を吐くよと言った。

「米さん、気をつけて歩きなよ。転んで道にぶちまけちまったりしたら、大損だ」

「うん、わかってるよ」

米介は金を払いながら請け合った。

御蔵蜆は、浅草御蔵の一番堀から八番堀まである横堀で採れる蜆のことである。ここには日々、米俵を積んだ船が横付けになる。船から米俵をおろして、御蔵へと運び込む作業の際に、米がこぼれて堀に落ちる。ここの蜆はそれを食べて育つので、他所《よそ》の蜆よりも味が良いのである。

それだけに値段も高く、手に入れるには、だいたい、普通の蜆の五倍ほどの代価を払う。米介も魚屋に、それほどの銭を払った。もっとも、一日に採れる嵩《かさ》には限りがあるから、どうしても欲しいという時は、もっと金を積まねばならないこともあるので、今日はツイていたようである。

「毎度あり」

いかつい顔の魚屋は、上機嫌で言った。「でも、今日は親父さんの祥月命日《しょうつきめいにち》じゃねえよな。どこかへお遣い物にするのかい？」

米介はうなずいた。「親父の長年の碁敵《ごがたき》のじいさんが、半月ぐらい前から寝込んでいるんだ。歳も歳だから、本人も気が弱ってるらしい。親父に代わって、俺が見舞いに行こうと思ってさ」

「へえ、親父さんの碁敵かい。やっぱり米さんは親孝行なんだね」

「いや、そりゃとんでもない」

米介は笑った。本当の親孝行ならば、おふくろの死に目にも会えたろうし、親父が倒れて寝たきりになる以前に、ちゃんと桂庵《けいあん》を引き継いでいただろう。

「俺なんざ、孝行者のこの字もあたらないよ。ただ、差配《さはい》さんの話だと、親父がさんざん世話になったじいさんらしいんだよ。ほかには何の道楽もなかったのに、碁だけは格別だった。ムキになって勝ちたがるのを、辛抱強く相手になってくれた人だそうだ。だったら親父だって、気にしているだろうと思うんだ」

そうかい、じゃあ気をつけていきなよと、魚屋はもう一度繰り返して、米介を送り出した。天気は良いが、川風は冷たい。米介は歩きながらふたつくしゃみをした。

米介が、柳橋《やなぎばし》先の代地にある桂庵の株と店を、卒中で亡くなった父親から引き継いで、まだ五年ばかりである。もっとも歳は四十に近いし、父親似で押し出しは悪くない。下手《へた》をすると、五十過ぎに見られることもある。

米介の亡父は、口うるさいが説教の上手《うま》い頑固者で、人を見る目が鋭く、金に几帳面《きちようめん》で物覚えがいいと、桂庵の主人にはうってつけの人物だった。だが米介はこの父親と折り合いが悪く、十五になるやならずで家を飛び出して、日雇いや中間《ちゆうげん》奉公や、ありとあらゆる仕事を転々としながら、勝手気ままに生きて三十を過ぎた。五年前、父が倒れてもう余命いくばくもなくなったころ、親しかった柳橋の差配人が、何とか一人息子を探し出して死に目に会わせてやりたいと奔走《ほんそう》してくれなかったら、米介は父の亡くなったことさえ知らずにいただろう。

差配人に説かれて戻ってみた実家には、すでに母は亡く、父も話のできる様子ではなくなっていた。いい分別の年頃になっていた米介は、さすがに己の勝手を恥じた。だから、米介が帰って五日の後、父が一度も目を開くことなく、言葉を交わすこともなく息を引き取ったとき、差配人に、この桂庵の仕事を引き継ぐことはできるだろうかと、自分から言い出したのだった。

見よう見まねで、最初のうちはずいぶん戸惑った。父は信用と人望のある口入屋《くちいれや》だったが、なにしろ米介は長いこと家を離れていたから、まわりに知られていない。突然、倅《せがれ》です今後は後を継ぎますと挨拶《あいさつ》に出かけたところで、取引先のお店《たな》の人びとも、はいそうですかと認めてはくれない。だいたいが米介はこらえ性がないのだから、亡父と同じくらい口うるさく、面倒見のいい差配人がくっついていてくれなかったら、放り出して逃げてしまったかもしれない。

亡父が蜆汁が好物だったこと、年に何度か大枚をはたいて御蔵蜆を買うのが唯一の贅沢《ぜいたく》であったということ、日本橋西の呉服屋「小河屋」番頭の松兵衛《まつべえ》という人が碁敵で、長年懇意《こんい》にしていたということ──それらのことも、米介は差配人から教わった。この二年ほどで、ようやく口入業の方も安定してきたので、お彼岸《ひがん》やお盆、父の祥月命日には、御蔵蜆をふんだんに使った汁を供《そな》えるようになったのだが、父より十年も昔にコロリで亡くなっていた母の好物は、さすがの差配人でも覚えがなく、仕方がないので、仏壇に花をあげるだけになっている。

小河屋の番頭の松兵衛とは、最初は父のささやかな葬儀の折に顔を合わせた。本人は碁の話はしなかったが、後で差配人に聞いたので、四十九日《しじゅうくにち》を済ませた後に米介の方から訪ねて水を向けると、悲しそうに首を振って、あんたの親父さんほどの良い碁敵にはもう巡り会えないだろうから、私も碁は絶とうと思っているなどと、気弱なことを言った。それがあまりに寂しげでつまらなそうだったので、親父とはよほど気があっていたのだろうと、米介は思った。

その松兵衛が寝込んでいるという話を聞いたのは、今から十日前のことである。米介の父が口入れし、小河屋へ奉公してもう三十年近くになるという女中頭のおもんが、柳橋の店に遣いに来て、教えてくれたのだ。

「お医者さまのお診立てじゃ、水腫《すいしゅ》だっていうんだけどね。どうりで息が苦しそうだから」

「先《せん》から悪かったんですか」

「この一年くらい、梯子段《はしごだん》の上り下りはよしてたのよ。胸が痛くなるって。寝込む前も、胸がこう、大きな岩でおしつぶされるみたいに苦しいってね」

「ああ、そりゃいけない」

「旦那《だんな》さまも心配して、すぐに向島の寮に移したんですよ。それでねえ米さん、出代わりの時期じゃあないし、誰が来たって番頭さんほどの働きができるわけじゃないけど、なにしろうちはもともと人手が足りないところだからね、困ってるんですよ。奉公人を一人、急いで口きいてほしいんだけど」

「それはお安い御用ですが、本家の方から人が来るということはないんですか」

小河屋は、通《とおり》二丁目にある呉服問屋河津屋《かわづや》から暖簾《のれん》分けでできた分家である。お店の名前もそこから来ている。

「本家の番頭さんたちと、松さん仲が悪かったからねえ、張り合っちまってさ」

そう言って、おもんは可笑《おか》しそうに、ちょっと口を曲げた。

「だから、穴埋めに本家から人を呼んだりしたら、松さんおちおち寝てられないだろうって、旦那さまが」

「そうですか、それならすぐに私の方で何とかいたしましょう」

米介は請け合って、帳面をつけた。幸い、二、三の心当たりがあった。

「松さんだいぶ心細いようだから、よかったらお見舞いに顔を見せてあげて」

帰りがけにおもんが、険しい顔つきのわりに優しい台詞《せりふ》を吐いた。

「療養のお邪魔にならないようでしたら、もちろん伺います」

「邪魔も何も――」

おもんは悲しそうに、大きな頭をゆらゆらさせた。

「あんまり見通しはよくないんだよ。会えるうちに会っておいてよ。あたしも歳を感じちまって、なんだか気が滅入ってね。松さんとは長い付き合いだもの」

米介はおもんを慰める言葉を持たなかった。必ずお見舞いに伺いますと言うだけだった。

幸い、穴埋めの奉公人の方はすぐに決まった。六太郎《ろくたろう》という名の、茅《かや》町の長屋に住む二十歳すぎの若者である。十の歳から奉公していた牛込下《うしごめした》の古着屋が先月末に火事に遭い、主人夫婦は頓死《とんし》、お店は全焼、知り合いを頼って深川の長屋に身を寄せているのだが、生計《たつき》の道を失って困り果てていた。

そんな次第だから、先の奉公先の主人の請書《うけしょ》は失く、長屋の差配人の紹介で米介のところを訪ねてきたのだが、呉服屋ならぜひ働きたいと、最初から乗り気だった。はきはきして如才《じょさい》なく、身ごなしのきれいな商人向きの若者だし、小河屋でもひと目会ってすぐ気に入ったようなので、話はとんとん進み、まとまったのだった。

米介は大いにほっとした。この上は早く時をつくって、松兵衛を見舞いたい――と、気ぜわしく数日を過ごして、今日やっと出かけてきたという次第なのである。

向島の寮は、詳しく言うならば、小河屋のものではない。本家である河津屋が、奉公人たちを住まわせるために建てたものである。河津屋は日本橋でも白木《しろき》屋や越《えち》後《ご》屋の次に指を折られるほどの大店《おおだな》だから、寮の構えも立派なものだ。向島は江戸市中でも鄙《ひな》びた風情で、田畑や寺の地所が多いから、ぐっと静かでのんびりしている。米介の歩みを遮《さえぎ》るものは、時折林のなかから聞こえてくる鶯《うぐいす》の声ばかりである。

寮について訪《おとな》いを入れると、すぐに小女《こおんな》が出てきて、米介の身分を知ると、ああ、おもんさんから聞いていますと言った。

「松兵衛さんの具合はいかがですか」

「だいぶ弱っておられますけど、今朝は重湯《おもゆ》をあがりました。今は目を覚ましていますから、すぐご案内します」

「ご造作をかけます。それで、これはお見舞いの――」

もごもごと言って、米介は蜆《しじみ》を器ごと差し出した。小女は喜んで受け取った。

「水腫には蜆汁が効くそうですものね」

松兵衛は、広い畑に面した明るい六畳間に寝かされていた。ずいぶんと痩《や》せて蒼《あお》ざめていたが、米介が枕元に近寄ると、すぐにわかって律儀に起きあがろうとした。米介は止めたのだが、結局は小女にも手伝わせて布団の上に座り、背中から綿入れをかけてもらって、松兵衛はやっと落ち着いた。

「一人で寝起きもできないようじゃ、もうおしまいだよ」

苦笑しながら言う顔は、げっそりと頬がこけている。息もせわしなく苦しそうだ。

「長引いてみんなに迷惑をかける前に、早くお迎えが来てほしいものだ」

米介は彼を元気づけようと、あれこれ話を選んで口に出してみたが、どの話も長く保《も》たず、沈黙ばかりが優勢であった。そうすると、外の畑を流れる用水路の水の音ばかりが響いてくる。

「静かなところですねえ」

それでも米介はがんばって、話を明るくしようと努めた。

「うちの親父もこんな静かで水のきれいなところで療養させたら、きっとよくなったでしょう」

ずっと何かしら考え込むように顔をしかめていた松兵衛が、つと顔をあげて、まわりを盗み見るように目を配った。案内の小女はとっくにいないし、見渡す限りの畑にも、それを耕す人影は見えない。それを確かめるような目つきであった。

「なあ、米介さん。今の話であんたの親父さんの最期を思い出したよ」

米介は取りなした。「そんな寂しいことを思い出さないでくださいよ」

「いやいや、私は湿っぽい話をして元気づけてもらおうというわけじゃないんだ」

松兵衛は、肉が落ちて骨ばかりになった手をひらひらと振った。

「ただ、この際だから確かめておきたいんだよ。おまえさんは、親父さんが寝たきりになってから家に帰った――それでとうとう、親父さんとは一言も話をすることができなかったのかい？」

米介は肩をすぼめた。「はい、何も話はできませんでした。親父はずっと眠ったようで……そのまま息を引き取りました」

枯れ木のような腕を、これまた薄い胸の前で組んで、松兵衛はうーんと唸《うな》った。

「それなら、親父さんからは何も聞いていないんだなぁ。もっとも親父さんは、あんたが戻ってきたことも気づかなかったわけだから、あんたが桂庵を継いでくれるなんてことも、まるで知らずに逝《い》ったわけだし、それだと話す理由もないだろうしな」

ぶつぶつと独り言である。何を言っているのか、米介にはさっぱりわからない。だが、何となく謎めいている。

「松兵衛さん、俺が親父から聞いておかないとならないような話があったんですか？」

松兵衛は返事をせず、またううんと唸る。

「聞いておいた方がいいことで、それを松兵衛さんはご存じなんですかね?」

松兵衛はゆっくりと目をしばたたかせながら、米介の顔を見た。目の縁に少しばかり涙が溜《た》まっているが、これは泣いたのではなく、病《やまい》のせいだろう。寝ついてしまうと、誰でも目がしょぼしょぼするものだ。

「江戸中の桂庵の親父に聞いてみたわけじゃなし」と、松兵衛はぶつぶつ言った。「江戸中の番頭に確かめてみたというわけでもない」

「はあ……」米介は合いの手に困った。

「それでも、なあ」

松兵衛は骨張った指で顎《あご》を引っ張った。

「六太郎のこともあるし」

米介は膝《ひざ》を乗り出した。「六太郎?　私が口をきいた奉公人の六太郎のことですか?」

松兵衛は痩せた顎をうなずかせた。「そうだよ、あの六太郎だ」

「あれに何か不都合でもありましたか?」

「いんや。よくできた男だね。ここにも挨拶《あいさつ》に来たよ。いろいろ気を遣ってくれった。

誉《ほ》め言葉なのに、松兵衛は、嫌いなものを無理に食べるときみたいな口つきで言った」

「お店《たな》の役に立つ奉公人になるだろうね。小河屋じゃ――本家もそうだけれど――余分な口は養わないというのが方針だから、奉公人はいつもめいっぱい務められるだけの気働きがないと駄目なんだが、六太郎なら大丈夫だろう」

「そんなことを言うわりには、松兵衛さん、楽しくなさそうですね」

米介はそう言って、心の隅で考えた。やっぱり松兵衛は寂しいのだろう。病み衰えてゆく我が身に引き比べて、若くて元気で人生はこれからという六太郎のことを思うと、彼が出来物《できぶつ》の奉公人であるらしいだけになおさら、小面憎《こづらにく》く感じられるのだろう。その本音が口調ににじむのだ。

――六太郎は、うっかりここに挨拶になど来るべきじゃなかったのにな。

いつ来たのだろう、誰が連れてきたのだろうと、腹のなかで考えていると、松兵衛が言った。

「私は別に、六太郎に含むところがあるわけじゃないんだよ」

悲しそうに目尻《めじり》をこすっている。

「だからあんたにはこんな話、しない方がいいかもしれないんだがね」

米介は、またぞろわけがわからない。

「何の話ですか、松兵衛さん」

松兵衛が嘆息すると、木枯らしが枝を鳴らすように、喉《のど》がひゅうと鳴った。

「でも、やっぱりあんたには話しておこうか。親父さんにもその機会があったなら、きっと伝えただろうから」

松兵衛はできるだけしゃんと背中を伸ばすと、米介に向き直った。

「米さん、おまえさんは桂庵《けいあん》の主人だ。口入屋《くちいれ》だね」

あらたまった口調が可笑《おか》しかったが、米介は笑わずに「はい」と応じた。

「店を継いでどのくらいになるかね」

「五年になりますが」

「五年か。それじゃあ、まだ気づく折もないだろうねえ」

松兵衛は額に手をあてる。何に気づくんですかと急《せ》かしたくなるのを、米介は我慢した。

「私はね、本家に丁稚《でっち》奉公にあがったのを振り出しに、暖簾分けで小河屋ができたときに番頭として一緒に移って、以来三十年——ずっとお店にお仕えしてきた」

松兵衛は額を押さえたまま言った。

「あんたの親父さんと知り合ったのも、ちょうどその三十年前、小河屋ができたときだ。奉公人を増やさなくちゃならなかったのでね」

「碁敵になったのもそのころですか」

米介は微笑を含んで尋《たず》ねた。松兵衛の難しい顔を、緩《ゆる》めてやりたかったのである。

だが松兵衛は笑わなかった。「そうだね。もともとは、それで始まったんだがね」

「何がです？」

「だから、四方山話《よもやまばなし》をするってことさ。知り合ってまもなくのことだった」

碁盤をはさんで、ひと勝負を終えたあとのことである。松兵衛は相方に、どうも今日は身が入っていないようだねえと尋ねた。実際、おかしな手ばかり打ってきたからだ。

「するとね、あんたの親父さんは顔を曇らせて、どうにも薄気味悪くてね――と、話し出したんだ」

桂庵を、同じ人物が繰り返し訪れるというのである。

「もちろん、どこへ口をきいてやっても奉公が長続きしなくて、ちょいちょい桂庵へ戻って来る——という意味じゃないんだよ。同じ顔をした同じ人間が、十年くらいの間をおいて、まるっきり違う名前で、まるっきり違う経歴でやってくることがあるというんだ」

二十年前にあるお店に口をきいてやった小娘が、十年後に、まったく同じ姿で、また奉公先を探してくれとやってくる。ただ、名前は違うし、生まれも違う。おかしいなぁと思いつつも、まあ勘違いだろうと片づけて奉公先を探してやる。そしてまもなく忘れてしまう。

「ところが、また十年ばかり経つと、またその同じ小娘が、まったく違う名前でもってやってくるんだ。奉公先を探してるってな。あんた十年前にも来たろう、二十年前にも来たろうと尋ねても、ぽかんとしている。同一人物だとしたら、まったく歳をとっていないのだから、妙な話だ。だから他人のそら似なんだろう。でも——」

「でも？」米介は興味を惹《ひ》かれて乗り出した。

「あんたの親父さんは、そういうような経験があるかと、仲間内でこっそり尋ねてみたそうだ。すると、十人ばかりの桂庵の主人のうちに、一人だけ、同じような経験をした男がいたそうだ」

歳をとらず、姿形を変えず、ただ名前と経歴だけが違う同じ人物が、ある一定の月日を経て、繰り返し奉公先を探しに訪れる――。

「その桂庵の主人はあんたの親父さんよりも年上で、聞いてみたら、本人がそういうことを体験しただけでなく、代々同じ生業《なりわい》をしていた親父さんからも、同じような経験を伝えられていたそうだ。そしてこう諭《さと》されたそうなんだ」

世の中にはそういう人間がいるのだ。歳をとらず、病にもかからず、死にもしない。連中は一ヵ所に長くいると、それと悟られてまわりの人びとに怪しまれるから、奉公先などは、せいぜい十年ぐらいで替えねばならない。だから桂庵にやってくる。筋のいい桂庵を見極めるのはけっこうな手間なので、一度頼んで安心だったところには繰り返しやってくる。奉公先も同じだ。三十年前に八年ばかり奉公して、居心地の良かったお店を覚えていて、そのお店がつぶれていなければ、三十年後にまたそこに入って奉公する。分家があれば分家でもいい。三十年も経てば、昔奉公して辞めていった女中や下男の顔を覚えている者も減っているから、まずいことにはならない。桂庵でも事情は同じで、主人はたくさんの男女の奉公先を探すから、誰か一人の顔を覚えているということはないから安心だ――。

「ところが、桂庵の主人というのは、案外よく人の顔を覚えている」と、松兵衛はゆっくりと続けた。「たとえ十年ごとでも、二度も三度も同じ顔がくれば気がつくんだ」

だが、気づいても知らん顔をしていなければいけない。米介の親父は、そう言われたのだそうである。

「そういう連中は、何も悪さをするわけじゃない。ただ死なない、歳をとらないというだけだ。だから隠れて住んでいる。目立たないように気をつけてな。それだけだから、虐《いじ》めたり追い回したりしてはいけない」

この話が、よほど深く心に刻まれているのだろう。松兵衛の言葉には淀《よど》みがなかった。

「あんたの親父さんは、そういう話を私にうち明けてくれた。ねえ、何か害があるというわけじゃないが、薄気味が悪いだろうって、少しばかり笑いながらね。私はとても驚いた。なぜって私も、河津屋から小河屋へと移りながら長年奉公をしているあいだに、似たような経験をしていたからだ」

松兵衛が丁稚奉公をしているころに、旦那《だんな》さまから目をかけられていた若い手代《てだい》がいた。小作りだが美男で、お嬢さんから慕われていた。それがいけなかったのか、まもなくお暇を出されてお店から姿を消した。

それから二十年ほど後、松兵衛が分家の小河屋で番頭として働いているころ丁稚時代に河津屋で会ったあの手代の男が、奉公人として入ってきた。そのころ河津屋にいた時と同じ歳、同じ顔つきだった。だが名前と生まれはまったく違う。

気づいたのは松兵衛一人だし、他人のそら似かもしれないので、何も言わなかった。ただ、ある折に、その男と二人だけになる機会があったので、私は子供のころ、あんたとそっくりの手代さんを知っていたと言ってみると、相手は笑って、自分は江戸には身寄りがないと言ったが、それ以来、松兵衛を避けるようになった。そして五年ほどで奉公をよしてしまった。何が理由で辞めたのかわからない。旦那さまはずいぶんと残念がっていた。

「ところがその同じ男が、それから十年ばかりして、今度はまた河津屋に現れた。名前も違う生まれも違う。昔、そいつに心を寄せた河津屋のお嬢さんとは、親子ほどに歳が離れてしまっている」

しかし河津屋のお嬢さん——とっくに他家に嫁いでおかみさんになっているのだが——は、記憶に残っている想い人の顔を覚えていた。同じ顔と姿の男が身近に戻ってきたことで、大いに心を乱された。

「それでまあ……危うく嫁ぎ先から返されるところだった」言いにくそうに、松兵衛は口をゆがめた。

「その男はどうなりました？」

「お嬢さんに離縁の話が出たころに、逐電《ちくでん》してしまった。行方はわからない」

「松兵衛さん――」

米介は膝《ひざ》をそろえて座り直すと、老人の顔をのぞきこんだ。

「念のためにうかがいますが、私をたばかっているわけじゃありませんよね？」

「どうして私があんたをたばかるかね」松兵衛は疲れたように両肩を落とした。

「これは作り話なんかじゃないんだよ」

「そんなら安心です。それで松兵衛さん、さっき六太郎さんのことを気にしておられましたな？　私の早のみこみでなければ、あなたは、今度小河屋に奉公にあがった六太郎さんも、今お話ししてくれたような、死にもせず、歳もとらない不思議な人間だと思っておられるんですね？」

松兵衛はゆっくりと、嫌々そうさせられるみたいに渋い顔をしてうなずいた。

「昔、会ったことがある。一度じゃない。二度は会っている」

「二度とも奉公人として？」

「いや、一度は河津屋の親しく付き合っていた糸屋の婿《むこ》だ」

「入り婿ですか？　それなら、そう簡単に姿を消すことはできないでしょう」

「それが、消えたんだよ。婿に入って三年ばかり経ったところで、手文庫から金を持ち出してな。私は当時手代に取り立てていただいたばかりだった。だから三十七年昔のことになるな」

「六太郎さんは――当時のその人に生き写しなんですな？」

「何から何までそっくりなんだよ。声まで同じだ。話し方も」

「親子かもしれません。三十七年開いてますからね」

松兵衛はかぶりを振った。「一度じゃない、二度と言ったろう？　二度目は十五年前――いや、十三年くらいかな、東両国《ひがしりょうごく》で大火があった年だから。あの六太郎がまた河津屋に奉公して、二年ばかりで立ち退いた」

米介は眉《まゆ》を寄せて考えた。つるりとした頭に汗が浮いてくるような気がする。

松兵衛は、確かに按配《あんばい》が良くない。今病んでいるのは命取りの病なのだろう。それがおつむの方まで作用して、うわごとのような事を言わせているのだ。

「信じとらんようだな」

気がつくと、松兵衛が涙ぐんだ目でじっと見つめていた。

「無理もない。私だって、あんたの親父さんという人とお互いにうち明けあうまでは、こんなことを考える自分の頭の方がどうかしとるんだと思っていたよ」

「松兵衛さん、私は何もそんなことを言ってやしませんよ」

どうにも険悪になりかけたとき、水を入れるように、唐紙《からかみ》の向こうから、小女《こおんな》の声がかかった。応じると、膳《ぜん》を運んできた。

「時分どきですから、お客さんもご一緒に昼食をどうぞ。お持たせですけれど、蜆汁《しじみじる》をこしらえました」

小女は愛想良く、松兵衛に膳を勧めた。

「重湯ばかりじゃ飽きるでしょう。卵焼きもあるんですよ。それにこの蜆汁、お客さんがお見舞いに持ってきてくださった、御蔵蜆なんですよ」

松兵衛は箸《はし》が進まなかったが、小女がうるさく世話を焼き、頼むような目をして促すので、見るからに努力して膳の上のものをつまんでいた。米介も食べた気がしなかった。

食事が済んで膳が下げられるのを汐《しお》に、米介はそろそろおいとましなくてはと言い出した。気詰まりな雰囲気は、膳が出ているあいだも一向に変わらなかった。

松兵衛は悄然《しょうぜん》と座っていたが、ちらりと米介の顔を見て、小さく言った。

「六太郎のことは、あんたの親父さんも知っていた。もしかしてあんたが桂庵《けいあん》の後を継いだときのために と、何か書いたものが残してあるかもしれない。探してごらん」

「松兵衛さん――」

米介は思わず呼びかけたが、後に続ける言葉が出てこなかった。何と気の毒な老人だろう。おかしな考えに、すっかり憑《とりつ》かれてしまっている。

「要は知らん顔をしていることだ」と、松兵衛は言うのだった。「気づいたことを悟られなければ、あの連中も何もするまい。あれはあれで気の毒な奴らなんだ。死ねないというのも、きりがつかずに辛《つら》いことだろうよ。下手に知られれば、なぜ不老不死なのだ、その素《もと》を教えろなどと、金に目がくらんだ者どもに追いかけ回されるだろうしなあ」

心ある者は、ずっと知らん顔を通しているのだ――と、口のなかでぶつぶつ呟《つぶや》き続ける。米介は痛ましくなって、言い訳も早々に席を立った。

松兵衛が向島の寮で亡くなったのは、米介が老人を見舞った明くる日のことであった。

いくら長年仕えたと言っても、奉公人のことだから、小河屋では仰々《ぎょうぎょう》しい葬儀など出さない。それでも生前の松兵衛と親交のあった少数の人びとを招いて、ささやかな通夜《つや》が、寮の松兵衛が臥《ふ》せっていた座敷で執り行われるというので、米介もはせ参じることにした。

風の強い夜であった。幸いなことに満月で、夜道は明るい。提灯《ちょうちん》など要らず、地面にはくっきりと影が落ちた。

店を閉めてから出たので、米介はだいぶ遅れた。昨日の今日で、老人の死が信じられない。安らかに亡くなったのだろうか。苦しんでいないといいが。あんなうわごとのような話を聞かされたのは、自分が最後であったのだろうか——。

昨日、小女が出迎えてくれた勝手口に、今夜はあの六太郎がいて、強い夜風に着物の袖《そで》をあおられながら、客たちを出迎えていた。彼は遠方から米介の顔を見つけると、大いに丁寧《ていねい》なお辞儀をした。米介も礼を返して、急ぎ足で彼に近づこうと小走りになった。

そのとき、殴りつけるような強い風が横から吹きつけてきて、米介は手をあげてよろめいた。風にあおられた着物の裾《すそ》が足にからみ、履き物が脱げかけた。

米介の足元が危ないと見て、六太郎は機転者らしくさっと手を伸ばし、前に出た。

「やあ、大変な大風でございます――」

本当に、と言葉を返しながら、六太郎の差し出した腕につかまって体勢を立て直した米介は、そのとき、風を避けて顔をうつむけながら、何ということもなく地面を見た。

頭上には月が輝いている。蒼《あお》い光が、そこにもここにも満ちている。

地面に落ちた米介の影が、変な格好で誰かにつかまっている。いや違う、変な格好に見えるのは、隣にいるはずの六太郎の影が見えないからだ。

六太郎には影がない。

刹那《せつな》のことだった。すぐに米介は顔をあげた。すると、六太郎と目があった。

――知らん顔をしていることだ。

「さあ、こちらでございます」

六太郎はにこやかに、しかししめやかに、米介を案内にかかった。米介は、さっき彼に支えてもらったときにつかまれた二の腕のところから、じっとりと汗をかくような気がした。

小河屋の番頭・松兵衛は、苦悶《くもん》の顔で死んでいたという。水腫《すいしゅ》は怖いと、まわりの人びとは噂《うわさ》しあった。

柳橋の桂庵の主人、米介は、若いころに家を出てさんざんさすらい暮らした挙げ句、五年ばかり前にふらりと帰ってきて、前後して死んだ父親の後を継いだという変わり者である。放浪していたというのは世間体の良い過去ではないが、当人が意外に穏和で真面目な人柄だったので、近所の評判も悪くなかった。

ところが、このところその米介が、どうも様子がおかしい。父親が書き残したものを探すのだと言って、家中ひっくり返している。亡父と親しかった差配人も家に呼んで、昔のことを何か覚えていないかと、膝詰《ひざ》めで問いただす。昔のこととはどんなことか？　いや、変わった話をしていなかったか。変わった話とはどんな話だ？　それは言えない、言うのが怖い。

近隣の人びとは、米介の気が触れたのではないかと考えた。いつからあんなふうになったのだろう。そういえば、ほら、小河屋さんの番頭さんが亡くなって、ずいぶんがっくりしてお悔やみから帰ってきて、あれ以来じゃないかしらねえ。

そんな噂を囁《ささや》かれつつ、米介はじたばたと家のなかをかきまわしていた。そして、小河屋の松兵衛から遅れること十六日目に姿を消した。

変わり果てた米介の亡骸《なきがら》が、浅草御蔵の四番堀に浮かんだのは、それからさらに三日の後のことであった。

亡骸はひどく傷んでいて、米介が何で死んだのか、調べることはできなかった。身体中に大小無数の傷があり、これすべて魚に食われたものであるらしい。目玉など、ふたつともそっくり失くなっていた。そして着物の両袖に、なぜかしらずっしりと蜆が入っていた。

おかげで、それからしばらくのあいだ、日頃は普通の蜆の四、五倍の高値で取引される御蔵蜆が、半分以下に値を下げた。

それだけではない。まずいことに、米介が頻繁に御蔵蜆を買っていたということもあり、さてあの男は、食い散らされる蜆の恨みで取り殺されたのだという話まで飛び出す始末である。

米喰《よねく》って　敵討つ蜆の　おそろしき

そんな落書が、しきりと、御蔵の壁に書き殴られた。

御蔵蜆のおかげさまで良い金を稼いでいたこのあたりの魚屋には、これは大いに困った事態だった。彼らは鳩首《きゅうしゅ》して策を練った。

そして、八つある御蔵の横堀の四番目、まさしく米介の沈んでいた堀端に、案配よく蜆の形をした石を据えて小さな社《やしろ》を造り、蜆塚として拝むことにした。

これをきっかけに、ようやく、御蔵蜆の値も元に戻った。地元の人の話では、御一新を過ぎて明治の末頃まで、この小さな蜆塚は町の人びとに拝まれていたそうである。御蔵がなくなり、こぼれる米もなくなって、ここの蜆が他所《よそ》の蜆と変わりがなくなっても、言い伝えだけは残っていたのだろう。

浅草鳥越《とりごえ》町に住む、今年八十八歳の老人も、子供のころ、馬力屋で働いていた父親から、この話を聞かされたという。

「なぁに、作り話だ。だってそうでなきゃ、米介という死んでしまった人の考えたことが、話の筋に出てくるわけがねえだろ。だからそのころは、怖いとも何とも思わなかったんだがね――」

当時、老人の父親には馴染《なじ》みの女がいた。酒場の女給だが、たいそうあか抜けた美人で、左の頰に目立つ泣き黒子《ぼくろ》があった。二人は何年か深い仲であり、女は老人のことも可愛がってくれたというが、秘密の間柄はやがて老人の母親の知るところとなり、父親は女を捨てた。

「うちの親父が七十で死んだとき――」と、老人は語る。「通夜に、その女が来たんだよ。えらい美人だ、忘れっこない。泣き黒子もちゃんとあった。若いころと全然変わっていなくって、あたしを見て、にっこり笑ったね。生まれてこの方、あんなにぞっとしたことはなかった。それで、ガキのころに聞かされた話を、あらためて思い出したんだ」

その夜は雨もよいで、月は出ておらず、女の足元に影があるかどうか確かめることはできなかったそうである。

「やっぱり、知らん顔しておくのがいいんじゃねえかな」と、老人は言っている。

解説

細谷正充

本書『もののけ〈怪異〉時代小説傑作選』は、『まんぷく〈料理〉時代小説傑作選』『ねこだまり〈猫〉時代小説傑作選』に続く、時代小説アンソロジーだ。もののけや怪異を題材にした、六人の女性作家の作品を集めている。二〇一七年十一月から翌一八年三月にかけて、女性作家によるテーマ別時代小説のアンソロジーを三冊上梓《じょうし》したが、その中でもっとも人気の高かった、『あやかし〈妖怪〉時代小説傑作選』の姉妹篇といえるだろう。今回も作家と作品を厳選し、面白い物語をピックアップしたつもりである。どうか存分に楽しんでいただきたい。

「ぞっこん」朝井まかて

現在、歴史時代小説の短篇が減っている。いや、シリーズ短篇は多い。しかし、それだけで独立した内容の、純然たる読み切り短篇が、とにかく少ないのだ。だから『小説現代』で朝井まかてが、積極的に短篇を発表してくれたことが嬉《うれ》しかった。しかも内容がバラエティーに富んでいる。本作を読んだときも、こういう作品も書くのかと驚いたものである。

冒頭の舞台は寺であろうか。なにやら大勢の人が集まっているらしい。そこにいた、わら栄《えい》の御前《ごぜん》の話をみんな聞きたがるのだが、何かおかしい。と思ったら、彼らは人間ではなく、処分される予定の〝筆〟であった。おそらく付喪神《つくもがみ》なのだろう。「画師《えし》御前」といわれた三代目鳥居清忠《とりいきよただ》の筆だった、若き日のわら栄御前。しかし清忠の筆を執拗《しつよう》に欲しがる、栄次郎《えいじろう》に貰《もら》われてしまう。喰《く》い物商《ものあきな》いの看板字を書く職人の栄次郎に、不満を抱くわら栄御前だが、真摯《しんし》に仕事に取り組む彼を徐々に認めていく。やがて栄次郎の女房のおくみの兄で、幼馴染《おさななじみ》の三笑亭喜楽《さんしょうていきらく》が寄席《よせ》看板の仕事を持ち込む。いいかげんな兄を警戒するおくみにかまわず、これを引き受けた栄次郎の字は評判になった。だが天保《てんぽう》の改革により寄席が禁止になる。そこで栄次郎たちは、一夜限りの寄席を開こうとするのだった。

栄次郎の職人としての矜持《きょうじ》。栄次郎・おくみ・三笑亭喜楽の強い絆《きずな》。庶民を苦しめる改革への反発。わら栄御前の語りに乗せて、江戸の片隅で生きる人々の心意気が、気持ちよく描かれる。ちらりと出てくる、実在人物の扱いも粋だ。ラストの、わら栄御前自身の運命まで含めて、付喪神の話を夢中になって聴いてしまうのである。

「風来屋の猫」小松エメル

冒頭で触れた『あやかし〈妖怪〉時代小説傑作選』にも、小松エメル作品が収録されている。「うわん」シリーズの第一話「うわんと鳴く声」だ。それに対して本作は、独立した短篇である。主人公は深川で「風来屋《ふうらいや》」という口入屋《くちいれや》をしている磐《いわ》。半年前に旦那の久次郎《ひさじろう》が刃傷沙汰《にんじょうざた》に巻き込まれて死んでから、ひとりで店を仕切っている。そんな磐のもとに、毎日のように白猫がやってくる。猫には久次郎の霊が憑《つ》いており、なぜか磐に「風来屋」を畳《たた》むようにいうのだった。「風来屋」の息子で、お人好しの久次郎。貰《もら》われっ子で、気の強い磐。凸凹《でこぼこ》夫婦だったふたりが、心の奥に抱えていたものは何か。久次郎の幼馴染だが、磐を嫌っているらしい千市《せんいち》が登場すると、ストーリーは予想外の方向に転がっていく。意表を衝《つ》いたアイデアを、当たり前のように使って、作者は夫婦と千市の想いを掘り下げるのだ。それにしても、人というのは、なぜこんなにも切ない存在なのだろう。そんな読後感に浸ってしまう物語である。

「韓藍《からあい》の庭」三好昌子

本作は書下ろし作品だ。昨年（二〇一九年）に、『群青の闇 薄明の絵師』『幽玄の絵師 百鬼遊行絵巻』『狂花一輪 京に消えた絵師』と、立て続けに力作を発表した俊英《しゅんえい》の新作を収録できるとは、アンソロジスト冥利《みょうり》に尽きる。なお作者はデビュー作『京の縁結び 縁見屋の娘』から、京の都を舞台にした時代小説を書き続けている。もちろん本作も同様だ。

暴風雨に見舞われた京の町。庭師「室藤《むろふじ》」は、薬種問屋《やくしゅどんや》「丁字屋《ちょうじゃ》」の庭普請《にわぶしん》を依頼される。急ぎの仕事らしく、「室藤」の娘のお紗代《さよ》も駆り出された。職人たちに交じり、一所懸命に働くお紗代。だが、人ならざる存在の声を聞く彼女は、垣根の向こうにある寮の離れ屋が気になってならない。子供の幽霊が出るという離れ屋の庭に入ったお紗代は、そこで「丁字屋」の若旦那らしき人物と出会う。

東西を通じて無数にある幽霊譚《たん》の中に、ジェントル・ゴースト・ストーリーと呼ばれる作品がある。簡単にいえば、心優しい幽霊が登場する物語だ。本作は、その新たな収穫といっていい。幽霊の優しさが誰に向けられたものか分かったとき、温かな感動がこみ上げるのだ。

　また、タイトルになっている韓藍の庭を始め、物語の色彩が豊かだ。その彩《いろど》りを愛《め》でるのも、本作の楽しみである。

「椿」森山茂里

　本書に収録する作品リストを編集者に送ったとき、まず森山茂里が女性かどうか聞かれた。たしかに名前だけ見ると男性としか思えない。だが、間違いなく女性である。本作を読んで、その柔らかなタッチを知れば、すんなりと分かってもらえるだろう。

　亡くなった祖母から、白児《しらちご》を始めとする〝あやかし〟のことを聞いて育った、老舗《しにせ》書物問屋「春木屋《はるきや》」の娘のお香《こう》。十五歳になったとき、犬神に連れられた白児が、「春木屋」にやってきた。それからお香は、自分たちの周囲にたくさんの〝あやかし〟がいることを知る。白い水干狩衣《すいかんかりぎぬ》姿の白児は、元気な子供にしか見えないが、あやかしの力は本物だ。白児が「春木屋」に預けられたことを疑問に思いながらお香は、さまざまな騒動にかかわっていく。

　かつて祖母から聞いたファンタジーが現実になる。物語を愛する読者なら、お香が羨《うらや》ましくなるだろう。金貸しに関する騒動も、白児の力で痛快に解決。明朗《めいろう》快活なあやかしストーリーなのである。

なお本作は、お香たちを主人公としたシリーズの第一話だ。さらなる話を知りたい人は、『犬神の弟子』を手に取ってもらいたい。

「虫すだく」加門七海

デビュー作から読み続けている作家は、本人を知らなくても、なんとなく親しみを感じるものだ。私にとって加門七海は、そのような作家のひとりである。デビュー作の『人丸調伏令』から、現在まで作品を楽しませてもらっている。特に伝奇やホラーの要素を盛り込んだ時代小説はご馳走《ちそう》だ。また、ノンフィクション『大江戸魔方陣 徳川三百年を護った風水の謎』には、興奮させられた。そんな作家の作品を収録できたのは、大いなる喜びである。

物語は、棒手振《ぼてふり》商人の語りで進行する。飼われている鈴虫が怖《こわ》いという商人。どのような理由があるのか。かつて秩父《ちちぶ》を巡礼《じゅんれい》していた彼は、立ち寄った寺で僧の話を聞くことになった。僧が育てているという、たくさんの鈴虫の音をBGMにした話は、暗く、おぞましいものである。詳しいことは読んでほしいが、ここで描かれる怪異は、本当に恐ろしい。また、虫籠《むしかご》を獄舎と捉えた部分が、僧の在り方を際立たせる。名手の怪談に、身も心も震えた。

「蜆塚《しじみづか》」宮部みゆき

月刊誌『歴史街道』二〇一七年九月号に私の執筆した、「宮部みゆき作品で味わう『江戸の町』」が掲載されている。宮部みゆきの時代小説を取り上げながら、江戸の各地を紹介したガイドだ。この原稿のために、多くの宮部作品を再読したが、その中で強く印象に残ったのが本作である。文章の流れの関係で、ガイドでは大きく触れられなかったのが心残りになっていた。だから本書に収録して、あらためて紹介できるのが嬉しい。

かつては放蕩者《ほうとうもの》だったが、今は亡き父親の桂庵《けいあん》を継いでいる米介《よねすけ》。病気だという父親の碁敵《ごがたき》だった松兵衛《まつべえ》を訪ねた彼は、不思議な話を聞く。米介の父親が、「同じ顔をした同じ人間が、十年くらいの間をおいて、まるっきり違う名前で、まるっきり違う経歴でやってくることがある」といったそうだ。とても信じられない米介だが……。

人に紛《まぎ》れて暮らしている不老不死の存在（おそらくアレだと思うのだが、はっきり書かれていないので決めつけるのは止めておく）。小説・漫画・映画など、エンターテイメント全般で、これを題材にした物語は多い。にもかかわらず本作が面白く読めるのは、そのような存在に対する、普通の人の対処法がユニークだからだ。庶民の処世術というべきか。ここで感心しながら、どこかほっとした気持になった読者を作者はラストで、一転、恐怖のどん底に突き落とす。小道具となる、御蔵《おくら》蜆《しじみ》の使い方も鮮《あざ》やか。掉尾《ちょうび》を飾るに相応《ふさわ》しい逸品だ。

以上六篇、付喪神から不老不死の存在まで、登場する〝もののけ〟は、さまざまである。またストーリーも、愉快なものから恐ろしいものまで、いろいろな読み味が堪能《たんのう》できるようになっている。どうか女性作家たちの創造した世界に、大いに遊んでいただきたい。

（文芸評論家）

出典

「ぞっこん」（朝井まかて『福袋』所収　講談社文庫）
「風来屋の猫」（小松エメル『書き下ろし時代小説集　宵越し猫語り』所収　白泉社招き猫文庫）
「韓藍の庭」（三好昌子　書き下ろし）
「椿」（森山茂里『犬神の弟子』所収　白泉社招き猫文庫）
「虫すだく」（加門七海『女切り』所収　ハルキ・ホラー文庫）
「蜆塚」（宮部みゆき『あやし』所収　角川文庫）

本書は、ＰＨＰ文芸文庫のオリジナル編集です。

著者紹介

朝井まかて（あさい　まかて）

1959年、大阪府生まれ。2008年、『実さえ花さえ』（のちに『花競べ 向嶋なずな屋繁盛記』に改題）で小説現代長編新人賞奨励賞、13年、『恋歌』で本屋が選ぶ時代小説大賞、14年、同書で直木賞、16年、『眩』で中山義秀文学賞、18年、『雲上雲下』で中央公論文芸賞、19年、『悪玉伝』で司馬遼太郎賞、大阪文化賞を受賞。著書に『グッドバイ』『落花狼藉』などがある。

小松エメル（こまつ　えめる）

1984年、東京都生まれ。國學院大學文学部史学科卒業。2008年、『一鬼夜行』でジャイブ小説大賞を受賞し、デビュー。著書に「一鬼夜行」シリーズのほか、「蘭学塾幻幽堂青春記」「うわん」シリーズ、『梟の月』『総司の夢』『歳三の剣』『銀座ともしび探偵社』『夢の燈影　新選組無名録』などがある。

三好昌子（みよし　あきこ）

1958年、岡山県生まれ。嵯峨美術短期大学洋画科卒業。2016年、『京の縁結び 縁見屋の娘』で『このミステリーがすごい！』大賞優秀賞を受賞。著書に『狂花一輪 京に消えた絵師』『幽玄の絵師 百鬼遊行絵巻』『群青の闇 薄明の絵師』『京の絵草紙屋満天堂 空蝉の夢』などがある。

森山茂里（もりやま　しげり）

岡山県生まれ。早稲田大学大学院政治学研究科修士課程修了。専攻は西洋政治史。著書に「婿侍事件帳」「浅利又七郎熱血剣」「葵の剣士 風来坊兵馬」シリーズ、『あやかし絵師』『密書 婿どの陽だまり事件帖』などがある。

加門七海（かもん　ななみ）

東京都生まれ。多摩美術大学大学院修了。学芸員として美術館に勤務、1992年、『人丸調伏令』でデビュー。著書に『死弦琴妖変』『霊能動物館』『お咒い日和 その解説と実際』『目嚢―めぶくろ―』『たてもの怪談』『着物憑き』などある。

宮部みゆき（みやべ　みゆき）

1960年、東京都生まれ。87年、オール讀物推理小説新人賞を受賞してデビュー。92年、『本所深川ふしぎ草紙』で吉川英治文学新人賞、93年、『火車』で山本周五郎賞、99年、『理由』で直木賞、2002年、『模倣犯』で司馬遼太郎賞、07年、『名もなき毒』で吉川英治文学賞を受賞。著書に、『返事はいらない』『桜ほうさら』『＜完本＞初ものがたり』『あかんべえ』、「三島屋」シリーズなどがある。

編者紹介

細谷正充（ほそや　まさみつ）

文芸評論家。1963年生まれ。時代小説、ミステリーなどのエンターテインメントを対象に、評論・執筆に携わる。主な著書・編著書に、『歴史・時代小説の快楽 読まなきゃ死ねない全100作ガイド』『あやかし〈妖怪〉時代小説傑作選』『あなたの不幸は蜜の味 イヤミス傑作選』『光秀 歴史小説傑作選』などがある。

ＰＨＰ文芸文庫　もののけ
〈怪異〉時代小説傑作選

2020年3月19日　第1版第1刷
2022年8月10日　第1版第4刷

著　者　朝井まかて　小松エメル
　　　　三好昌子　森山茂里
　　　　加門七海　宮部みゆき
編　者　細谷正充
発行者　永田貴之
発行所　株式会社ＰＨＰ研究所
東京本部　〒135-8137 江東区豊洲5-6-52
　第三制作部　☎03-3520-9620（編集）
　普及部　☎03-3520-9630（販売）
京都本部　〒601-8411 京都市南区西九条北ノ内町11
PHP INTERFACE　https://www.php.co.jp/
組　版　朝日メディアインターナショナル株式会社
印刷所　図書印刷株式会社
製本所　東京美術紙工協業組合

ISBN978-4-569-76998-1

PHP文芸文庫

まんぷく

〈料理〉時代小説傑作選

宮部みゆき、畠中恵、坂井希久子、青木祐子、中島久枝、梶よう子 著／細谷正充 編

いま大人気の女性時代作家がそろい踏み！　江戸の料理や菓子をテーマに、人情に溢れ、味わい深い名作短編を収録したアンソロジー。

ねこだまり

〈猫〉時代小説傑作選

宮部みゆき、諸田玲子、田牧大和、折口真喜子、森川楓子、西條奈加 著／細谷正充 編

今読むべき女性時代作家の珠玉の名短編！　愛らしくも、ときに怪しげな存在でもある猫の魅力溢れる作品を収録したアンソロジー。